進士武林

진사무림

11

봉황송 신무협 장편소설

ORIENTAL FANTASY STORY & ADVENTURE

dream books
드림북스

진사무림 11(완결)

초판 1쇄 인쇄 / 2016년 7월 12일
초판 1쇄 발행 / 2016년 7월 22일

지은이 / 봉황송

발행인 / 오영배
책임편집 / 편집부
펴낸 곳 / (주)삼양출판사 · 드림북스

주소 / 서울특별시 강북구 도봉로 173
대표 전화 / 02-980-2112 팩스 / 02-983-0660
편집부 전화 / 02-980-2116 팩스 / 02-983-8201
블로그 / blog.naver.com/dreambookss

등록번호 / 제9-00046호
등록일자 / 1999년 3월 11일

ⓒ 봉황송, 2016

값 8,000원

ISBN 979-11-313-0611-6 (04810) / 978-89-542-5445-8 (세트)

* 지은이와 협의하에 인지는 생략합니다.
* 잘못된 책은 구입한 곳에서 바꾸어 드립니다.

이 도서의 국립중앙도서관 출판시도서목록(CIP)은 서지정보유통지원시스홈페이지(http://
seoji.nl.go.kr)와 국가자료공동목록시스템(http://www.nl.go.kr/kolisnet)에서 이용하실 수
있습니다. (CIP제어번호:2016016441)

進士武林

진사무림

11

봉황송 신무협 장편소설

ORIENTAL FANTASY STORY & ADVENTURE

dream
books
드림북스

進士武林

진사
무림

목차

第一章

고금제일마 혈마

進士武林

저벅! 저벅!

이한열이 감숙 제일의 산인 기련산의 풍광을 감상하면서 발걸음도 가볍게 걸었다. 혈마교에서 나와 천도훈까지 떼어 놓고 오랜만에 홀로 행동했다.

천도훈은 이한열의 명령에 따라 여전히 배덕의 짓거리를 하고 있는 교도들을 척살하기 위해 움직이고 있었다. 배교의 불순분자들을 처리하고 난 뒤에 다시 돌아올 예정이었다.

하서주랑 남쪽에 위치하여 남산이라고도 불리는 기련산맥은 수천 리에 달하는 엄청난 길이를 자랑한다. 기련은 하늘이라는 뜻으로, 하늘을 찌를 듯 높은 기세를 이름에서부터 알려 주고 있다.

깎아지르듯 험한 산맥을 걸어가는 이한열의 발걸음은 평지를 걷듯 자연스러웠다.

그때였다.

어깨까지 길게 늘어뜨린 흑발!

여인처럼 수려한 턱 선의 미청년이 이한열의 두 눈에 가득 들어찼다.

움찔!

이한열이 찰나의 순간 반응하면서 멈췄다.

어둠 속에서 아무것도 없다고 느꼈는데, 느닷없이 사람이 등장하였다.

'내 이목을 피했다고?'

강호에 나온 이후로 그의 이목에서 벗어난 사람은 없었다.

그런데 지금 눈앞에 있는 사람은 직접 보면서도 기감으로 잡아내지 못했다. 눈으로 보지 않았다면 없다고 해도 믿을 수 있었다.

살수 무공을 익혀 인기척을 지워 버리는 데 특화되어 있을 수도 있었다.

'살수는 아니다. 가만히 있는 자세가 너무나도 자연스럽다.'

아무렇지 않게 팔을 늘어뜨리고 있는 모습은 평범했다.

사내는 닭 한 마리 잡지 못할 정도로 나약해 보였다.

'너무 자연스러워서 오히려 위험해.'

이한열의 본능이 경각심을 마구 불러일으켰다.

미증유의 위험을 접한 탓에 닭살까지 일어날 지경이었다. 전신의 솜털이 바짝 곤두서면서 강력한 위기신호를 보내왔다. 지금껏 경험해 보지 못한 지독한 상대를 만났다는 걸 심신이 부지불식간에 깨달았다.

"이한열이라고 합니다. 누구십니까?"

잔뜩 긴장한 가운데 이한열이 정중하게 물었다.

"경각심을 가지고 있다고? 제법 자질이 있는 무인이군."

미청년이 하얀 이를 드러내면서 웃었다.

그의 눈에 흥미로운 이채가 일렁였다.

"음!"

이한열이 침음을 흘렸다.

흡족한 웃음을 짓는 미청년에게서 뿜어지는 흉흉함이 더욱 짙어졌다.

미청년은 그저 웃고 있을 뿐이었지만 이한열은 잔뜩 긴장했다.

'춥다.'

이한열은 북해의 만년빙굴에 빨려 들어가는 것만 같았다.

이한열은 당장에라도 출수하고 싶은 심정이었다.

기습을 펼쳐 눈앞의 상대를 죽이거나 심각한 피해를 주고
만 싶었다.

'안 돼!'

이한열이 필사적으로 충동을 억눌렀다.

이성이 사내에게 피해를 주는 것은 불가능하다고 마구 경
고를 해 왔다. 사내가 월등하게 더 뛰어난 실력을 지녔다고
은연중에 말해 줬다.

뱀 앞에 선 개구리이다.

이한열은 자신의 모든 것이 낱낱이 사내에게 간파당하고
있다는 걸 알아차렸다. 그럼에도 불구하고 계속해서 공격하
고 싶은 충동이 일어나 미칠 지경이었다.

스팟!

사내의 담담한 눈동자에 붉은 이채가 번개처럼 떠올랐다
가 사라졌다.

너무 빨라서 알아차리기 힘들었지만 이한열은 분명히 보았
다. 강호에 나온 이후로 이처럼 두려움에 떤 적은 한 번도 없
었다.

'누구지?'

이한열의 머릿속이 마구 돌아갔다.

강호 무림에서 천하제일을 다투고 있는 초강자들이라고
해도 이한열에게 이처럼 심각한 두려움을 심어 줄 수는 없었

다. 오히려 배교와 혈마교의 교주인 이한열이 상대방을 두렵게 만들고도 남았다.

막강한 무위를 지니고 있는 그를 위협할 정도의 강호인은 고금을 통틀어도 손가락에 꼽을 지경이었다. 그리고 그런 절대적인 초강자들은 대부분 영면을 취하고 있었다.

현 무림에 남아 있는 절대초강자라면 단연코 한 명뿐이었다.

무림 역사상 가장 위대하면서 흉악한 명성을 떨치고 있는 존재!

고금제일마 혈마!

이한열의 뇌리에 떠오르는 존재는 바로 혈마였다.

"설마 혈마?"

이한열이 조심스럽게 입을 열었다.

설마 했지만 이미 마음속으로는 확신을 하였다.

혈마가 아니라면 지금 상황이 납득이 되지 않았기 때문이었다.

"내가 바로 혈마다."

혈마가 인정했다.

하늘 아래 독보 강호를 할 수 있는 유일한 인물이 이한열의 앞에 갑자기 모습을 드러냈다.

뚝!

이한열의 몸과 마음이 굳어졌다.

이한열이 아무리 강해졌다고 해도 고금제일마 혈마 앞에서는 나약했다. 부단히 노력해서 천하제일인이라고 할 정도에 육박하고 있었지만 혈마와 비교할 때 너무나도 큰 차이가 있었다.

'고금제일마!'

고금제일마 혈마 앞에서 이한열이 엄청난 차이를 뼈저리게 느꼈다.

고금제일인으로 추앙받을 수 있음에도 불구하고 고금제일마로 남아 있는 파괴의 화신 혈마는 피를 볼수록 강해지는 존재였다.

'셀 수 없을 정도로 시산혈해를 만들고는 했으니 강할 수밖에 없겠지.'

혈마는 팔백 년 전의 인물로 지금까지 엄청나게 피를 보면서 살아왔다. 엄청나게 흘린 타인의 피가 모두 혈마의 자양분이 되었다.

이한열이 신성의 힘을 가지고는 있으나 엄밀히 말해서 빌려 온 것이나 마찬가지다. 그에 반해 혈마는 인간으로서 스스로 신의 위치에 서 있는 고고한 존재다.

직접 만들어서 가지고 있는 신성!

혈마의 신성의 격이 이한열보다 높았고, 양적으로도 풍부

했다.

무공에 있어서는 신성보다 더 현격한 차이가 있었다.

혈마는 무공의 천재였다.

이한열은 무학을 공부하고 연구하는 데 있어 특화된 노력형 천재다.

하늘이 내려 준 탁월한 재능을 가진 혈마는 노력까지 했고 피를 보며 싸우는 일은 순수하게 즐겼다.

"음!"

혈마를 접하면서 점점 작아지는 걸 느낀 이한열이 침음을 흘렸다. 깊이를 알 수 없는 무저갱에 빨려 들어가는 느낌을 받았다.

'움츠러들지 않으면 그것이 이상한 것이지. 훗!'

이한열이 시원하게 부족함을 인정했다.

정신적으로 여유를 차렸다.

낮은 곳에서부터 시작했기에 강자를 받아들이는 데 있어 거리낌이 없었다. 강하고 높은 사람들 앞에서는 언제라도 고개를 숙일 준비가 되어 있었다.

슥!

이한열이 마음속으로 혈마를 받아들였다.

휘이이! 휘이이이!

혈마의 기세가 이한열의 몸을 휘감아 돌면서 바람처럼 자연스럽게 흘러갔다.

이한열을 압박하고 있는 기세가 점차 사라져 갔다. 아니, 기세는 여전했지만 받아들이고 있는 이한열이 여유로워졌다.

이한열은 더 이상 고통스럽지 않았다.

씨익!

만족스럽게 웃고 있는 이한열의 얼굴에 여유가 넘쳤다.

특별히 변한 것도 없이 단지 마음만 살짝 바뀌었을 뿐이다. 마음의 변화로 인해 천지만물이 소생할 수도 있고, 멸할 수도 있었다.

스팟!

두 눈에서 강렬한 살기가 일어났다가 찰나의 순간 사라졌다.

'헉! 이런……'

이한열이 속으로 기겁했다.

고금제일마에게 살기를 품은 건 순수한 이한열의 의지가 아니었다. 전대 배교 교주가 남겨 놓은 안배로 인해 혈마를 보면서 살기가 일어났다.

배교 교주로서의 힘을 손에 넣게 된 뒤 이한열이 얻게 된 의무이자 책임이었다.

혈마의 무공을 만나면 무조건 싸우게 되는 업!

혈마를 직접 대면하게 된 이한열의 몸에서 살기가 마구 일어났다.

이한열이 의지에서 벗어난 살기를 제어하기 위해 미친 듯이 노력했다. 그렇지만 전대 교주가 남겨 놓은 막강한 업은 쉽사리 풀어지지 않았다.

쿠쿠쿠! 쿠쿠쿠!

살기 어린 기세가 이한열의 최선을 다한 노력에 의해 잘 정제된 투기로 변했다.

마음의 힘을 깨달으면서 인지하고 있는 이한열을 바라보고 있던 혈마의 눈에 이채가 떠올랐다. 특히 살기 어린 기세를 뿜어내고 있다는 자체에 커다란 흥미를 가지게 됐다.

"배교의 교주라! 재미있군."

꽉 다물려 있던 입술을 비틀며 혈마가 웃었다.

고금제일마인 자신을 상대로 살기와 투기를 뿜어내고 있는 이한열이 무척이나 마음에 들었다. 오랜만에 흥미를 주는 존재를 목격하였기에 자연스럽게 관심을 가졌다.

그리고 그 관심은 시험으로 이어졌다.

우우웅! 우우웅!

혈마의 몸에서 용음이 일었다.

진짜 용이 울고 있다고 할까?

대기 자체가 뒤흔들리고 있었다. 떨리는 대기에서 일어난 파동이 점점 퍼져 나갔고, 일대가 송두리째 무너져 내리기 시작했다.

콰콰콰콰! 콰콰콰콰!

바위와 나무, 흙들이 그대로 분쇄되어 갔다. 상상을 초월하는 파괴력 앞에서 존재하는 모든 것이 남아나지를 못했다.

"버텨 봐라."

혈마의 살기는 진짜였다.

이한열이 가지고 있는 힘보다 족히 두 배 이상의 거력을 뿜어냈다. 버틸 수 있다면 계속 관심을 기울일 수 있었고, 반대의 경우라면 사라져도 무방했다.

찌릿! 찌릿!

송곳처럼 찔러 오는 가공할 살기를 접하면서도 이한열의 안색은 여전히 평화로웠다.

부스스! 부스스스!

푸스스스스스스!

주르륵! 주르륵!

옷자락이 문드러지면서 맨살이 모습을 드러냈고, 탐스러운 검은 머리카락이 가루가 되어 흩날렸다. 가뭄에 마른 논바닥처럼 살이 쩍쩍 갈라지면서 핏물을 토해 냈다.

이한열이 금방이라도 무너질 것처럼 위태로워 보였다.

가공할 위압감!

패도적인 힘!

상상할 수 없는 거력!

금방이라도 휩쓸려서 분쇄되고 말 것 같은 위기감!

이한열은 고금제일마 혈마를 상대로 중과부적이라는 사실을 인지했다. 논리적으로 싸워서는 안 된다는 사실을 깨닫자, 전대 교주가 남겨 놓은 업이 천천히 퇴색되어 갔다. 지독한 업도 학사 특유의 논리 앞에서는 힘을 잃어버렸다.

이한열은 천생 학사였다.

"이런들 어떠하리! 저런들 어떠하리! 눈에 보이면 그만인 것을⋯⋯."

이한열은 혈마에게 적응을 하고 있었다.

물이 솜을 빨아들이는 것처럼 실시간으로 성장하는 중이었다. 눈앞에서 깊이를 알 수 없는 무위를 보여 주고 있는 혈마를 통해 배움을 얻었다.

먼저 길을 걸어간 선각자를 보고서 따라하는 건 누구보다 잘했다. 선각자들의 가르침을 잘 공부하여 과거에 합격하였다. 길이 약간 다르다고 하지만 혈마와 공자는 이한열의 입장에서 보면 큰 차이가 없기도 했다.

혈마의 진실된 무위가 공개된다면 이한열이 감히 따라할 수 없었다.

"보인다."

하지만 이한열이 가진 것의 두 배 정도 되는 힘이라면 눈에 어렴풋이나마 보였다. 아직 닿지 못한 미지의 세계를 혈마가 직접 보여 주고 있었다. 그리고 보이는 공부에서 이한열이 실마리를 찾아내어 답을 유추해 나갔다.

부르르! 부르르!

이한열이 몸을 떨었다.

"아!"

탄성을 터트렸다.

두렵고 죽을 것 같아서가 아닌 전율의 쾌감에서 온 감탄이었다.

혈마로부터 전이되어 온 깨달음들이 전율을 불러일으켰다. 온몸에 번져 가는 가공할 쾌감의 물결 앞에서 사시나무처럼 마구 흔들렸다.

고금을 통틀어 가장 강한 무인 혈마가 이한열에게 가르침을 주고 있는 셈이었다. 혈마의 가르침은 상상을 초월할 만큼 아득하고 깊었다.

이한열이 깊이를 알 수 없는 심연으로 빠져 들어갔다.

콰콰콰콰! 콰콰콰콰!

모든 걸 박살 내는 파괴의 기세 앞에서 이한열의 눈빛이 밝게 빛났다. 낭패해 보이는 외양과 달리 마음이 점점 살아나고 있었다. 마음이 여유로운 가운데 육체가 혈마의 지독한 기세에 점점 적응해 나갔다.

몸과 마음이 혈마의 엄청난 힘에 적응하면서 습득하는 속도를 더욱 높였다.

"공부에 능숙한 천재군. 따라하는 데 있어 천부적인 재질을 가지고 있어."

혈마가 이한열을 한눈에 알아봤다.

이한열과 같은 자를 참으로 오랜만에 보게 되었다.

강호에 나와서 몇몇 천재들에게 감탄을 하기도 했다. 그리고 그런 천재들 가운데에서 혈마의 손 아래 죽어 간 자들이 부지기수였다.

"아직 영글지 않아서 아쉽구나."

혈마가 입맛을 다셨다.

이한열이 수십 년 동안 정진할 경우, 혈마에게 있어서 특별한 맛과 재미가 있는 초고수로 성장할 것이 확실했다.

그렇다고 지금 이한열을 맛본다면 별 맛도 없고 맨송맨송할 뿐이었다.

"키워서 잡아먹어야겠어."

혈마가 다음을 기약했다.

다행스럽다고 할까?

혈마의 눈엔 너무 약한 이한열이었기에 고금제일마 혈마에게서 살아남을 수 있었다.

전율에 빠져 있는 이한열은 영문도 모른 채 백척간두의 위기에서 벗어났다. 어렴풋하던 공부에 점점 익숙해지면서 훤히 볼 수 있게 됐다.

"……."

그가 공부에 정신없이 탐닉했다.

공부와 호흡을 하나로 일치시키면서 삼매경에서 마구 돌아다녔다.

비상식!

파괴!

이한열이 알고 있던 공부들과 상충되는 파멸의 공부들이었다.

몸과 마음에 축적되어 있던 공부들이 혈마의 파멸적인 기세 앞에서 송두리째 무너졌다.

모든 걸 무너뜨린 파괴는 재건으로 자연스럽게 이어진다.

이한열이 먼지처럼 무너진 공부들을 다시금 일으켜 세웠다. 탄탄한 기초공사를 통해서 기반을 만들어 놓고, 그 위에 기둥을 쌓았다. 재구축되는 세상은 이전보다 광대하면서 깊었다.

이한열이 수많은 기연을 접해 보았지만 이런 적은 처음이었다. 기분 좋은 생소함 속에서 점점 더 높이 비상했다.

우우우웅! 우우우웅!

이한열에게서도 용음이 흘러나왔다.

배운 바대로 파멸의 힘을 담은 기세가 혈마에게 날을 세웠다. 일반인들이라면 무시무시한 파멸의 기세를 접한 순간 가루가 되어 버렸을 것이다.

그러나 정작 혈마에게는 미풍조차도 되지 못했다.

"훗!"

혈마가 어설픈 이한열의 살기를 접하면서 웃었다.

보여 준 걸 토대로 고스란히 베낀 뒤에 나름대로 재정립한 이한열의 공부 방법은 나쁘지 않고 괜찮았다.

이한열의 공부는 모방을 뛰어넘어 창조로 이어졌다.

그리고 그런 창조의 밑바탕에는 혈마에 대한 도전정신이 존재했다.

'언젠가 적이 될 존재다.'

이한열은 혈마를 적으로 인식하고 마음의 칼을 또렷하게 세웠다. 비록 지금은 약하지만 언젠가 뛰어넘고야 말겠다는 각오를 다졌다.

콰콰콰콰! 콰콰콰콰콰!

새로운 경지로 나아갈 수 있도록 도와주는 혈마의 기세가 더욱 광폭해졌다.

"나를 적으로 생각한다? 재미있구나. 어디 따라올 테면 따라와 봐라."

혈마는 자신과 대적하려는 무림인을 참으로 오랜만에 보

았다.

고금제일마라는 명성 앞에서 강호의 천하제일인도 꼬리를 말기 일쑤였다.

그런데 부족해 보이는 이한열이 이빨을 드러내면서 으르렁거렸다. 지금은 약하지만 나중에는 꽤나 재미있는 초강자가 될 것이 분명했다.

혈마는 기특한 이한열에게 가르침을 줬다.

강호에서 그의 기세를 접하고도 죽지 않고 성장한 무림인들은 극소수였다. 재능과 실력을 가지고도 혈마의 극악한 명성 때문에 알아서 주눅이 든다. 그리고 혈마는 그런 겁쟁이들의 생명을 빼앗았다.

피를 보는 데 있어 주저하지 않는 혈마의 기준에서, 재능과 실력을 가지고도 이빨을 드러내지 못한다면 죽는 편이 나았다.

콰콰콰콰콰! 콰콰콰콰콰!

쿠아아아아아아아!

미친 듯이 몰려오는 무시무시한 기세는 이한열이 따라가기 버거울 정도였다.

저벅!

이한열이 앞으로 걸음을 내디디면서 기세를 흘리지 않고 온몸으로 받았다.

'배울 수 있을 때 모조리 배운다.'

혈마가 호감을 가지고 있다는 걸 눈치챈 이한열은 적극적으로 임했다. 무지막지한 압력에서 벗어나지 않고 오히려 더 많이 맞으려고 하였다.

쿠콰콰콰콰콰콰!

쿠아아아아아!

대폭풍의 기세가 이한열을 쥐어뜯어 먼지로 만들려고 날뛰었다. 엄청난 기세가 활짝 펼쳐지면서 단순무식한 동시에 신비막측한 변화를 일으켰다. 단순해 보이지만 이면에는 현묘함이 녹아들어 있었다.

저벅! 저벅!

혈마의 기세 속에서 이한열이 걸었다.

파멸과 혼돈의 힘이 이한열의 몸뚱이를 스치고 지나갔다. 모든 걸 무로 되돌릴 수 있는 힘들이 헛되이 사라졌다.

아니다.

스르르르! 스르르르!

스으으으! 스으으으으!

파멸과 혼돈이 이한열의 몸으로 흘러들어 갔다.

이한열을 바라보는 혈마의 시선이 더욱 깊어졌다. 생각했던 것보다 빠르게 습득하는 모습에서 약간 놀랐기 때문이었다.

"생각했던 것보다 더 재능이 있군."

혈마가 이한열에 대한 생각을 수정했다.

수십 년의 시간이 지나면 눈앞의 이한열이 그를 성가시게 만들 존재가 될지도 모른다고 여겼다.

"시간이 빨리 지나가기를 원해야겠군."

혈마가 언제가 될지 모를 이한열과의 재회를 기다리기로 했다. 그리고 재회의 순간 혈마를 만족시키지 못할 경우 이한열의 목숨은 사라진다.

스팟!

순간적으로 강렬한 살광이 혈마의 두 눈에서 폭사됐다. 지금까지 보여 주고 있는 기세와는 차원이 다른 힘이었다.

부르르! 부르르!

결코 감당할 수 없는 순수한 힘을 접한 이한열의 몸이 흔들렸다. 가공할 힘 앞에서 두려움과 공포감이 물밀 듯이 밀려왔다.

'역시 고금제일마답다.'

이한열은 태산처럼 우뚝 앞을 가로막고 있는 혈마를 있는 그대로 인정하고 받아들였다. 감히 감당할 수 없는 초인이라고 생각했다. 납작 엎드리는 데 있어 결코 주저함이 없었다. 고금제일마 혈마를 객관적으로 보는 동시에 몸과 마음으로 납득했다.

거부하지 않고 순수하게 받아들이고 있었기에 이한열은 여전히 여유로웠다.

휘루루루! 휘루루루!

거칠고 광폭한 살기들이 휘파람 소리를 내면서 나부꼈다.

그 속에서 이한열이 한 마리 호접이 되어 정답게 날아다녔다. 하지만 호접의 날갯짓은 무척이나 힘겨웠다. 날개와 몸통이 금방이라도 갈기갈기 찢겨져 나갈 것처럼 보였다.

'젠장! 이건 너무 불공평하잖아!'

이한열이 감히 대적할 수 없는 혈마를 느끼면서 투덜거렸다.

혈마와 있는 그대로를 비교하는 건 이한열에게 불공평한 일이기도 했다.

'무려 팔백 년 전에 태어난 인간이잖아. 나보다 더 먹은 밥그릇 수를 일렬로 세우면 태산보다 높을 거다. 그 정도 먹고 힘을 내지 못하면 그건 사람도 아니지.'

이한열의 마음속에 밥이 곧 힘이라는 진리가 떠올랐다.

사람은 밥심으로 살아간다.

밥을 많이 먹었다는 자체만으로 먹고 들어갈 수 있게 된다.

'밥을 팔백 년에 걸쳐 먹으면 나라고 해서 혈마처럼 되지 말라는 법은 없지.'

이한열이 고금제일마와 동등한 위치에 올라설 수 있다는 자신감이 있었다.

세상에 가정은 필요 없다.

삶은 그 자체로 불공평한 법이다.

밑바닥 생활을 한 이한열은 누구보다 세상의 불공평함을 잘 알았고, 불공평한 부분이 있는 현실 그대로를 받아들였다.

명쾌한 머리로 복잡한 세상을 현명하게 헤쳐 나갈 수도 있었지만 이한열은 단순하게 생각했다.

강자에게 약하고, 약자에게 강했다.

지상최강!

고금제일!

혈마의 앞에서 단순 명백하게 고개를 조아렸다.

인간적인 따뜻한 감정을 말살하다시피 한 혈마 앞에서 고개를 빳빳이 들었다가는 누구라도 곧바로 황천행이었다. 이한열이 나름 기특하다고 해서 예외로 둘 혈마가 아니었다.

콰콰콰! 콰콰콰!

우우우우우웅웅!

잔뜩 응축된 파멸의 기운들이 대기를 마구 밀어냈다. 일순간 진공으로 변한 공간에 대폭풍이 불어닥쳤다. 작은 폭풍이 아니라 주변 일대를 완전히 뒤덮는 엄청난 크기였다.

"오! 인간이 자연의 힘을 만들어 낼 수도 있구나!"

이한열이 개안했다.

그 역시 폭풍을 만들어 낼 수 있다.

그러나 그 폭풍은 소규모 일대에만 영향을 끼친다.

무공을 사용해서 강제적으로 자연의 법칙을 비틀어 만들어 낸 부자연스러운 결과물이다.

그에 반해 혈마는 직접 자연의 법칙을 만들어 나가고 있었다.

지금 일대는 혈마의 권역이자, 창조의 공간이었다.

조물주다.

신성을 가지고 있는 이한열이라고 해도 우주만물을 다스리는 조물주 앞에서는 나약했다.

우뚝!

경이로운 위대함 앞에서 이한열이 걸음을 멈췄다.

불어닥치는 대폭풍을 온몸으로 맞으면서 전율하였다.

음악!

시!

혈마의 대폭풍은 인간이 만들어 낼 수 있는 가장 아름답고 고고한 것 가운데 하나였다. 혈마가 만든 음악과 시에서 다가오는 감동과 여운에 이한열이 깊숙하게 빠져들었다.

음악과 시를 대하는 것처럼 이한열이 혈마가 보여 주고 있는 모든 것을 깊이 있게 해석하고 연구하였으며, 수준을 가늠할 수 없을 정도로 고고한 것들의 다채로운 향연을 만끽했다.

"조금만 힘을 줘도 죽을 것 같더니 이제는 적어도 삼 초식은 버틸 수 있겠어."

혈마가 이한열이 보여 주고 있는 변화를 보면서 중얼거렸다.

일초지적도 되지 않던 이한열은 순식간에 강해졌다. 이처럼 빠르게 강해진 사람은 강호 무림에 있어서 다섯 손가락에 꼽을 수 있었다.

혈마가 보여 주고 있는 공부들을 이한열이 넙죽넙죽 받아먹고 있었기 때문이었다. 보통 사람들이라면 광대하고 심연 깊은 공부에 배가 터져 죽을 수도 있었지만 이한열은 달랐다.

공부의 전문가답게 눈에 보이는 가르침들에서 배울 것은 배우고 버릴 건 버렸다. 그러면서 새롭게 얻은 깨달음들을 독특하고 창의력 있게 자신의 몸과 마음에 맞춰 나갔다.

"개뼈다귀를 던져 줬더니 개처럼 열심히 뜯어먹는구나."

험하게 말을 하는 혈마의 입가에는 만족스러운 웃음이 떠올랐다.

사실 지금까지 그가 이한열에게 보여 준 공부들은 그저 잡스러운 것에 불과했다. 예전에도 마음에 들던 사람들에게 개 뼈다귀를 적선하듯 준 적이 몇 번 있었다.

"네가 미래의 호적수가 될 가능성이 있다는 걸 인정해 주겠다."

혈마가 이한열의 격을 개에서 인간으로 상승시켜 줬다.

이한열이 풋내 폴폴 나는 애송이에서 칼 좀 휘두를 수 있는 무인으로 탈바꿈했다. 강호의 일반 무인들이 들으면 기겁할 만한 이야기였지만 적어도 혈마에게는 통했다. 배교와 혈마교의 교주이자 엄청난 무력을 가진 이한열이라고 해도 혈마 앞에서는 나약했다.

'그런 인정 따위는 필요 없어. 그냥 나에게서 신경을 꺼 줬으면 좋겠어.'

배움 자체는 여전히 받고 있었지만 이한열이 혈마의 위험한 관심을 극구 사양했다. 고금을 통틀어 가장 위험한 존재인 혈마와는 만나지 않는 것이 최선이라는 걸 잘 알았다.

사실 혈마의 공부와 가르침은 이한열에게 있어 천고의 기회였다. 시간과 돈이 있다고 해도 구할 수 있는 것이 아니었다. 그리고 설령 직접 대면했다고 해도 목숨을 부지할 수 있느냐는 또 다른 문제였다.

혈마를 대면하고서 이한열이 얻은 공부는 엄청났다.

무공을 익히고 난 이후로 지금까지 해 온 공부들보다 훨씬 더 광대하고 깊었다.

"너는 시한폭탄이나 마찬가지다."

"네?"

"몰랐나 보군."

"가르침을 부탁드립니다."

이한열이 천역덕스럽게 요구했다.

그런 자세에 혈마가 피식 웃더니 재차 입을 열었다.

"배교와 혈마교의 힘을 이어받았더군."

"맞습니다."

"원시 무림에서도 가장 강성한 힘을 보유하고 있던 곳들이다. 배교와 혈마교의 공부는 분명히 대단하다. 그렇지만 그걸익힌다고 해서 모두 대단해지는 건 아니지. 배교를 주축으로한 너에게 혈마교의 공부는 물과 기름처럼 제대로 섞이고 있지 못하다."

"아! 기운들이 다투고 있다는 이질적인 느낌을 받고는 있습니다."

"조화롭게 만들지 못하면 결국 파멸이다."

"반드시 기운들을 조율하겠습니다."

이한열의 의지를 불태웠다.

높은 경지로 나아가겠다는 열망이자 삶에 대한 지독한 근성이었다. 밝고 좋은 세상에서 짧게 단명하고 싶은 생각은 눈곱만치도 없었다.

"대책은?"

혈마가 툭하고 물었다.

지금까지도 만들어내지 못하는 걸 꼭 해내고야 말겠다고 말하는 이한열이 무척이나 재미있게 보였다.

"차근차근 문제들을 하나씩 논리적으로 해결하겠습니다."

대수롭지 않다는 듯 이한열이 간단하게 답했다.

천 리 길도 한 걸음부터라는 말처럼 복잡하고 어려운 문제도 차근차근 접근하다 보면 풀리기 마련이다.

문제 푸는 법을 잘 알고 있는 이한열이었다.

"크하하하! 재미있어. 너는 네가 말한 걸 증명해야 할 거다."

혈마가 호쾌한 웃음을 터트렸다.

학사인 이한열이 만들어나갈 모습이 무척이나 기대됐다.

"반드시 증명하겠습니다."

"살려면 꼭 해야겠지."

"해낼 수 있습니다."

이한열이 자신감을 드러냈다.

이뤄 낸 것이 너무 많아서 이대로는 억울해서라도 죽을 수 없었다. 집념의 화신이었기에 틀림없이 해낼 수 있을 거라 스스로를 믿었다.

혈마가 이한열을 조금 손봐 줬다.

능숙한 대장장이처럼 이한열의 뒤틀려 있던 부분을 강렬하게 두드려 줬다. 단순히 무지막지하게 힘만 쏟아 낸 것이 아니라 이한열에게 가장 필요한 부분을 보여 줬다.

고대 무림의 힘 가운데 강성했던 배교와 혈마교의 힘을 얻은 이한열은 금방이라도 무너질 것처럼 보였다.

상생을 하지 않고 상충하는 두 기운이 이한열을 갉아먹고 있었다. 엄청난 힘을 가지고 있다 해도 조율과 조화가 되지 않은 기운은 쉽게 망가지기 마련이었다.

금방이라도 깨질 수 있는 이한열은 시한폭탄이나 마찬가지였다. 한시라도 빨리 기운들을 하나로 조율할 수 있어야만 했다.

"조언을 하자면 힘으로 밀어붙이는 것도 하나의 방법이지."

혈마는 별로 고민하지 않고 강제적으로 두 기운을 통합하려고 했다. 강대한 두 기운이 반발을 한다고 해도 힘으로 찍어 누를 작정이었다.

"조언은 참고하겠습니다."

이한열이 꾸벅 고개를 숙였다.

그러나 강제로 하는 방식은 이한열의 취향과는 어울리지 않았다.

"저는 저만의 방식으로 해결을 하겠습니다."

문제가 발생하면 원인과 이유, 그리고 과정 등을 차분하게 살핀 뒤에 가장 좋은 해답을 구해 낸다. 몇 번의 반복과정을 거쳐 실수하지 않겠다고 생각이 들어야 심신을 움직인다.

"홋! 편할 대로 해라."

당돌한 이한열을 보면서 혈마가 웃었다.

조언을 듣고 따를지는 어디까지나 받아들이는 자의 몫이었다.

이런 부분에 있어서는 무척이나 시원하고 깔끔한 혈마였다. 사람의 일에 일일이 귀찮게 간섭하는 취향은 눈곱만치도 없었다.

조언도 귀찮아하는 편인 혈마가 이한열에게 한 마디 던진 것은 호감을 많이 느끼고 있기 때문이었다.

"이해해 주셔서 감사합니다."

"사람은 자기만의 방식이 있는 법이다. 그러나 너의 방식이 성장에 있어 방해물이 된다면 다음 만남에서는 살아남을 수 없을 것이다."

혈마가 너그럽게 이한열의 방식을 받아 주면서 그 결과를 책임지라고 주문했다. 생각하고 있는 성장의 범위에서 벗어날 경우 이한열의 목을 날려 버릴 작정이었다.

"자신 있습니다."

"좋다. 너는 너의 말에 책임을 져야 할 것이다."

"결코 실망시켜드리지 않겠습니다."

이한열의 말투에는 자신감이 넘쳤다.

스스로를 믿는 자의 여유였다.

혈마가 진짜 사나이의 고귀한 자신감을 모를 리 없었다.

혈마와 이한열은 다른 듯하면서도 비슷한 면이 존재했다. 이한열의 비굴한 모습 이면에는 탐욕과 집착이 광폭하게 넘쳐흘렀다. 피와 무에 미친 혈마처럼 이한열이 세속의 삶에 미쳐 있었다.

"후후후! 종종 찾아오지."

혈마가 웃었다.

근래 들어 시산혈해를 만들지 않고 있었기에 즐거운 시간을 보낸 적이 많지 않았다. 그런데 이한열과 이야기하면서는 몇 차례나 웃었다.

"헉!"

이한열이 기겁했다.

차후 혈마와 한 번 만날 걸 예상하고는 있었지만 종종 만나게 될 정도로 사이가 격상될지는 몰랐다.

"이별은 짧을수록 좋은 법!"

혈마가 말과 동시에 손을 가볍게 휘저었다.

콰아아아아! 콰아아아아!

팔만 사천 개의 붉은 수영이 떠올라 이한열에게로 몰려들었다. 강호 무림의 전설 가운데 하나인 팔만사천검은 흡사 팔만 사천 마리의 붉은 새들이 일제히 군무를 추는 것처럼 보였다.

각각의 붉은 수영들이 시간을 뛰어넘어 날뛰었고, 공간까지 짓뭉겠다. 시공간을 초월하는 위력과 속도를 지니고 있었다.

이한열의 주변이 붉게 물들어 갔다.

보는 순간 어떻게 막고 자시고 할 공격이 아니라는 걸 깨달았다.

"이건 몸으로 맞을 수밖에 없겠군."

아득하게 높은 수준의 검공을 목격한 이한열이 저항을 포기했다. 어설프게 발악했다가는 오히려 큰 상처를 입는다는 걸 본능적으로 깨달았다.

'죽이지는 않을 거다.'

그는 혈마를 믿었다.

온몸에 힘을 풀고서 쇄도하는 붉은 수영을 자연스럽게 맞이했다.

그리고 그런 행동은 현명하였다.

퍼퍼퍼퍽! 퍼퍼퍼퍽!

투투투툭! 투투투투툭!

팔만 사천 개의 수영에 부딪친 이한열이 하늘 높이 솟구쳐 올랐다. 끊어지지 않고 팔만 사천 번을 얻어맞는 가운데 계속해서 위로 상승했다. 새하얀 구름까지 꿰뚫고서 나아갔다.

　숨을 쉬기 곤란해질 정도로 공기가 희박해졌다.

　"으아아아악!"

　이한열의 비명 소리가 구름 위를 뚫고서 울려 퍼졌다.

　슥!

　자연스럽게 이한열을 쫓아낸 혈마가 손을 거뒀다.

　"그 놈 참 걸물이구나."

　혈마가 말과 함께 구름을 갈라 버렸다.

　새하얀 구름이 갈라진 사이로 이한열이 모습을 드러냈다.

　이번 팔만사천검은 혈마가 제법 공을 들여서 펼친 일수였다. 저항하지 않고 그대로 맞은 것도 괜찮았는데, 구름 위로 올라가서 한 짓이 기상천외했다.

　"구름이 솜털처럼 부드럽다고 하더니 말짱 거짓말이었군."

　이한열이 새하얀 구름 위에서 이리저리 움직이며 새로운 경험을 하고 있었다. 붉은 수영들에게 맞으면서도 자신이 가고자 하는 방향으로 움직였다.

　"손오공의 근두운처럼 사용하고 싶었는데……."

　둥실!

　두 발에 힘을 준 이한열이 구름 위에 떠올랐다.

초상비와 등평도수였다.

풀잎과 물을 밟고 나아가는 것처럼 구름을 살짝 찍고서 경쾌하게 움직였다.

퍼퍼퍽! 퍼퍼퍼퍽!

투투툭! 투투투툭!

팔만 사천 번을 얻어맞는 가운데에도 이한열의 입가에는 기분 좋은 미소가 떠올랐다.

"악착같이 배우자. 모르는 건 우선 몸으로 익히고, 머릿속에 집어넣자."

그가 지금 당장 보이지 않은 팔만사천검의 공부를 그냥 통째로 외우려고 노력했다. 경지가 낮아서 못 본다고 해도 언젠가는 알 수 있다고 생각하였다.

그는 미래를 준비하며 언제나 배움의 기회를 열어놓은 채 현재를 살아가는 이기적이면서 세속적인 학사였다.

第二章

일생

이한열이 오른손을 치켜들고 집중하고 있었다.

"합!"

맑은 기합성과 함께 우수를 가볍게 내질렀다.

휘이잉! 휘이잉!

청명한 바람과 함께 투명한 푸른 수영들이 빛을 뿌리며 날아올랐다. 밝게 빛난 수영들이 바위를 두부처럼 파고들어 갔다.

퍼퍼퍽! 퍼퍼퍽!

콩 볶는 소리와 함께 바위가 먼지가 되어 흩날렸다.

"흠! 아직 부족하네."

손을 내린 이한열이 중얼거렸다.

마지막에 목격한 혈마의 팔만사천검을 따라하려고 했지만 아직까지 미진했다. 그렇지만 아무것도 몰랐던 처음과 달리 지금은 미약하나마 실마리를 찾은 상태였다.

"천 리 길도 한걸음부터! 걷고 또 걷다 보면 언젠가 도착하기 마련이지."

이한열은 혈마에게서 보고 느끼고 외웠던 공부들을 수련하고 있었다. 세속의 삶에 많은 집착을 가지고 있었는데도 불구하고 인적 드문 깊은 산 속에서 시간을 보냈다.

"공부는 나를 더욱 강하게 만들어 준다. 그리고 그건 곧 부귀영화로 이어지는 법이지."

이한열의 머릿속에는 공부에 대한 집착과 탐욕이 있었다. 아무것도 없었던 그를 지금의 절대적인 위치에 있게 만들어 준 건 끝없는 노력과 공부뿐이었다.

이한열은 자신이 나아갈 방향을 명확히 그려놓고 있었다.

"혈마가 무로 세상을 제패했다. 나는 공부로 세상을 제패해 보자."

이한열은 지금 이 순간에도 자신의 꿈을 착착 진행해 나갔다.

사실 혈마가 있는 이상 힘으로 세상 최고의 정점에 선다는 건 불가능하다는 걸 누구보다 이한열이 잘 알았다.

혈마를 만나기 전에는 내심 해 볼 수 있다는 자신감이 있었다. 그러나 직접 대면하고 난 뒤 왜 강호 무림인들이 혈마를 두려워하는지 뼈저리게 깨달았다.

사람은 잘하는 걸 하면 된다.

혈마의 장점이 힘이라면, 이한열의 장점은 공부였다.

전장의 화신인 고금제일마에게 힘에서는 밀렸지만 공부하는 추진력과 배움에 있어서는 이한열이 혈마를 능가하는 재능을 지니고 있었다.

"힘으로 밀어붙이는 것도 좋지만 사람은 머리를 써야 해. 말로 할 수 있는 걸 구태여 몸을 움직여 해결할 필요는 없다고 봐."

전략과 전술, 음모와 귀계 등을 만들어 내는 데는 이한열이 혈마보다 한 수 위였다. 아니, 다방면에 있어 천재이긴 했지만, 귀찮게 머리를 쓰기 싫어한 혈마가 힘으로 모든 걸 해결하는 것이기도 했다. 결과적으로 이한열이 혈마보다 머리를 잘 사용하였다.

그리고 이한열은 현 무림에서 최고의 힘을 자랑하는 배교와 혈마교를 손에 움켜쥐고 있었다.

정총!

마교!

혈마교!

집마성!

배교!

다섯 곳의 힘이 무림을 지배하고 있다 해도 과언이 아니었다. 정총과 마교 그리고 혈마교는 전통의 강호였고, 집마성은 그간 짓눌려 있던 사마외도들이 주축이 되어 만들어진 초거대 단체였다.

집마성은 소요서생의 작품에 막대한 영향을 받아 만들어졌다. 어떻게 보면 이한열의 입김이 절대적이었다는 이야기였다.

자기잇속을 챙기는 데 혈안이 되어 있는 사마외도들답게 집마성에는 성주 자리가 비워져 있다. 거마들이 서로 자기가 성주에 오르겠다고 날뛰고 있는 상황이었다.

그런데 일각에서는 소요서생을 성주로 옹립해야 한다고 주장했다. 그리고 이런 주장에 힘을 실어 주고 있는 사마외도들이 많았다. 만약 이한열이 정체를 밝히고 나선다면 집마성의 일인자인 성주 자리를 차지할 수도 있었다.

배교는 여전히 신비 세력으로 남아 있었다.

이한열이 아직 배교의 강호 재진출을 허락하지 않았기 때문이었다.

집마성까지 품에 안았다고 친다면 이한열은 강호 무림에서 초거대 초강력 단체 다섯 개 가운데 세 곳을 차지하고 있는 셈이었다.

이로써 이한열은 무림에서 엄청난 영향력을 끼칠 수 있었고, 가공할 날개들을 등에 단 셈이었다. 그리고 그 날개들은 이한열의 부족한 부분을 보완해 줄 장치들이기도 했다.

"비상하게 해 주는 날개는 배교와 혈마교도 있고, 내 주변의 사람들이기도 하다. 어떻게 보면 사람들이 더욱 중요하지."

이한열은 많은 사람들을 만나고 사귀는 취향이 아니었다. 지금처럼 산속이나 골방에 처박혀 공부하면서 홀로 시간을 보낼 때도 많았다.

사람들을 대할 때 쉽게 믿지 않았다.

그러나 한 번 믿은 사람에게는 전폭적인 신뢰와 함께 권한을 실어 줬다. 성공하면 우대하였고, 실패한다고 해도 책망하지 않았다.

실패한 사람의 탓이 아닌 사람을 제대로 보지 못한 자신의 잘못이라고 여겼기 때문이었다.

이한열은 사람을 부릴 때 그 사람이 최고의 힘을 낼 수 있도록 하는 방법을 잘 알았다. 용인술에 있어서 탁월한 재주를 가졌다.

"사람과의 만남이 곧 의(義)다."

이한열이 인간의 아름다움이자, 인간이 동물 이상의 존재라는 사실을 입증해 주는 의를 깊이 있게 체득했다. 인간을 만물의 영장으로서 고고하게 만들고, 그러한 존재로서의 삶에 의미를 부여할 수 있는 의지력, 즉 도덕적 덕목이다.

지덕!

지선!

의는 자고로 지고한 덕과 선으로 향하는 구도의 길인 동시에 인간으로서 살아가는 데 있어 기본적인 핵심이었다. 영원히 사라지지 않는 인간의 보편적 본성인 동시에 꿈이며 궁극적 희망이다.

그런 의를 이한열이 사람과의 만남에서 추구하였다.

그리고 그런 방침은 세속적인 삶과 자연스럽게 하나로 연결됐다.

아무리 뛰어나고 강하다고 해도 다른 사람과의 인연이 없다면 그건 죽은 삶이었다. 불가능에 가까운 일이지만 고금제일마 혈마를 뛰어넘어 고금제일인이 된다고 해도 혈마처럼 살 생각은 눈곱만치도 없었다.

사람들의 존경을 받으며 부귀영화를 누리는 가운데 아름다운 여인들과 행복하게 살고 싶은 마음이었다.

세속의 때에 시커멓게 오염된 그는 청정한 숲 속에서 수련하면서 마음을 갈고 닦았다.

이러한 마음에 대한 공부는 앞으로 나아갈 길의 초석을 다지는 작업이었다.

이한열은 금욕적인 산속 수련도 나쁘지 않다고 생각했다.

혈마에게서 배운 바들 가운데 써먹을 수 있는 공부들을 하나씩 심신에 녹여냈다. 몸과 마음에 맞지 않는 부분은 과감하게 버리거나 도려냈다.

"단순하게 박살 내는 건 내 취향에 맞지 않아."

이한열은 힘을 이용해 압도적으로 찍어 누르는 걸 선호하지 않았다. 상대와 어울리면서 배우고 또 배움 주는 걸 좋아했다.

주고받으면서 배움이 깊어지고, 그것이 바로 이한열의 성장 비결이었다.

더 발전하게 되면 벽이 깨어져 나가고 다른 세상이 나타나게 되겠지만, 혈마가 보여 줬던 공부는 현재 이한열의 최종 진화 형태라고 해도 과언이 아니었다.

이한열이 힘을 기르면서 벽을 하나하나씩 부서 나갔다.

퍼억! 퍽!

투웅! 퉁!

몸 안에서 타통되는 소리가 간간히 울렸다. 점점 강해지면서 몸에 뚫리지 않았던 영통과 미세혈관들이 뚫리고 있었다.

"혈마가 이렇게 했던가?"

청량감을 알알이 느끼며 이한열이 혈마와 만났던 당시를

떠올리면서 호흡을 하나로 일치시키려고 노력했다.

휘이이! 휘이이익!

맑고 청량한 기세가 폭풍우가 되어 일어났다.

혈마의 광폭한 폭풍우는 가로막는 모든 걸 도륙하는 파괴력을 가지고 있었다. 지독한 파멸의 힘 앞에서는 만년한철이라고 해도 견뎌 내지 못하고 가루가 되어 버린다.

혈마의 광폭한 폭풍우는 정말로 강렬했다.

"그대로 따라 하고 흉내 낼 수도 있다. 하지만 그건 나에게 맞지 않은 옷을 입은 것과 마찬가지다. 내 몸과 마음에 맞은 옷을 입어야 한다."

혈마의 가공할 기세에서 요체만 쏙쏙 빼어 내어 이한열이 자신에게 맞춰 버렸다. 그렇게 안성맞춤이 된 기세에는 생동이 가득 넘쳐흘렀다.

휘이이이! 휘이이이!

주변의 수풀들이 싱그러운 바람에 살랑거렸다.

짙은 녹음을 풍겨 내는 동시에 더욱 파릇파릇한 생기를 드러냈다. 동물들이 지나다니면서 꺾이고 밟혀 누렇게 말라 가던 수풀들이 천천히 푸르러졌다.

"의형생기다."

혈마가 펼쳤던 기세가 의형살기라면 지금 이한열은 의형생기인 셈이다. 검에 사검과 생검이 있는 것처럼 의형지기도 마찬가지였다. 죽음의 기운이 담겨져 있는 의형살기와 사검을 익히는 것이 훨씬 수월하다. 의형생기와 생검을 익히고 있는 자는 강호 무림에서도 손가락에 꼽을 지경이었다.

의형생기는 혈마를 따라가다 보니 얻게 된 부산물이었다.

"다치거나 부상당한 사람들에게 펼치면 치료에 도움이 되겠어. 그리고 차밭에서 펼치면 금상첨화겠군."

이한열은 시간이 나면 의형생기를 새롭게 조정된 차 밭에서 뿌릴 작정이었다.

의행생기에는 지독한 내상을 입은 무림인도 치료할 정도로 많은 생기가 담겨져 있었다. 그렇기에 의형생기가 이제 막 이식된 차나무들에게 엄청난 자양분으로 작용한다. 결국 상품 가치가 있는 차가 출시되기까지 십 년 넘게 걸릴 기간이 의형생기 때문에 족히 오 년은 단축될 것으로 보였다.

공부의 부산물들이 툭툭 튀어나오고 있으니, 이한열은 공부를 멈출 수가 없었다. 걸어가고 있는 길이 잘못되지 않았다는 반증이기도 했다.

꾸준하게 노력하다 보면 얻는 바가 생긴다.

세상에서 무언가를 얻어 내는 것은 어렵지 않았다.

극한으로 미쳐 즐기면서 노력하면 되는 일이다. 그러다 보면 어느 순간 좋은 일이 생기기 마련이다.

누구나 알고 있지만 쉽게 행하지 못하는 진리이기도 하다.

성공이 보장되어 있는 진리의 길을 걸어간다는 건 쉽지 않다. 그리고 어렵기에 그 열매가 더욱 달콤하다.

열매의 달콤함을 맛본 이한열은 진리를 알고, 진리를 그대로 따랐다. 진리를 가슴에 새기고 항상 행할 수 있도록 매진했다.

수련이 계속됐다.

하면 할수록 진척이 있었다.

성장하고 있었지만 이한열은 어설픈 부분이 있다는 걸 인지했다.

"혈마가 보여 줬던 것과 비교할 때 미진한 부분이 있다."

그대로 따라 하고 흉내를 내기에는 어려움이 많았고, 재창조를 하는 과정에서 적지 않은 시간과 많은 열정이 필요했다.

그렇지만 부족했기에 더욱 좋다고 여겼다.

"부족한 부분은 보완하고, 곳곳에 있는 잘못된 오류는 고치면 된다."

이한열이 아낌없이 가지고 있는 모든 걸 토해 내면서, 혈마의 공부를 맛보았다.

계속해서 같은 과정의 반복이었다.

어설프고 부족했던 부분이 채워지면서 독창적인 이한열만의 공부가 만들어지고 있었다. 이런 공부 방식은 주효했다.

무수한 반복 수련과 함께 시간이 흘러갔다.

우우우웅! 우우우웅!

우우우우우우웅!

천지를 뒤흔드는 용의 울부짖음이 울렸다.

창룡음과 함께 푸른 수영들이 허공에 난무하였다.

응축되어 있든 기운들이 폭발적으로 일어나면서 생동감을 마구 뿌려 댔다.

환한 웃음을 짓고 있는 이한열이 팔만사천검의 묘리를 마침내 알아냈다. 수련을 시작하고 한 달이 지난 뒤의 일이었다.

휘이이잉! 휘이이잉!

청량한 기운들이 이한열에게서 마구 솟구쳤다.

스팟! 스팟!

청량함과 함께 신성이 덩달아서 튀어나왔다.

파멸을 담고 있던 혈마의 기운과 달리 이한열의 신성에는 창조의 힘이 깃들어 있었다. 조물주의 파괴력을 선보였던 혈마를 따라한 탓에 창조력을 얼핏 베껴낼 수 있었다.

파괴와 창조는 동전의 양면과 같았다.

서로 떼려야 뗄 수 없는 관계였다.

창조력을 극한으로 이끌어 낼 수 있다면 혈마와 자웅을 겨루는 것도 불가능하지 않았다.

"팔만사천검!"

혈마가 보여 줬던 완벽한 검공을 떠올리면서 이한열이 가볍게 손을 내저었다.

사아아아! 사아아아!

생명의 힘을 듬뿍 담고 있는 수영들이 튀어나왔다.

휘이이이! 휘이이이이이이!

사라라라라라라라!

일만여 개의 수영들이 수풀이나 바위, 흙, 대기 중으로 마구 뿜어져 나왔다. 투명한 가운데 푸르게 빛나는 수영들이 반짝거렸다.

수영을 접한 수풀이 더욱 싱그러워졌고, 바위들은 더욱 견고해졌으며, 흙은 더욱 윤기를 토해 냈다. 파괴가 아닌 창조의 생기가 더해지면서 생겨난 변화였다.

"흠! 역시 부족하네."

이한열이 아쉬움을 토해 냈다.

만약 제대로 된 창조력이 더해졌다면 잘려 나간 수풀의 나뭇가지들이 다시금 재생되었을 것이다. 바위는 풍화작용으로 잃어버린 부분을 수복하여 태초의 모습을 드러냈어야 한다.

태초의 모습을 재현해 내지 못한 이유는 이한열의 부족한 창조력 탓이었다.

"일단은 여기까지만 하자."

이한열이 만족감을 드러냈다.

수련을 시작하고 한 달이 지났을 뿐인데 혈마가 보여 준 공부를 거의 대부분 습득했다. 혈마가 이한열을 다시 본다면 감탄할 만큼 놀라운 성장이었다.

부족한 부분은 아직 창조력의 부족과 함께 익숙해지지 않았기 때문이었다. 무조건 매달린다고 해서 해결을 볼 수는 없었다.

그리고 그것보다 더욱 큰 이유가 존재했다.

"금욕적인 삶은 나랑 맞지 않아."

이한열이 진저리를 쳤다.

금욕적인 생활을 할 만하다고 했지만 그것도 어느 정도였다.

잘살게 된 이후로 이처럼 오랜 시간 굶은 적이 없었다. 맛있는 음식을 먹지 못하고, 아름다운 여인을 품에 안지 못한 지 벌써 일 개월이다.

소위 목구멍에서 곰팡이가 필 지경이었다.

이한열은 중대한 기로에 서 있었다.

이래도 계속 기련산에 처박혀 무공 수련에 전념할 수도 있었고, 하산하여 세속의 삶에 깊이 빠져들 수도 있었다.

경지를 높일 수 있는 화두가 찾아왔을 때 무림인들은 미친 듯이 매달린다. 폐관 수련을 하면서 실마리를 찾으려고 노력해도 중대한 기로에서 끝내 벽을 넘지 못하고 절망하는 무림인들도 많았다.

씨익!

이한열이 웃었다.

이미 답은 정해져 있었다.

"내려가자. 백 년 천 년 살 것도 아닌데, 즐기면서 살아가자. 다 즐기자고 노력하는 거다."

그가 지금 당장 미칠 듯이 매달려야 하는 우선순위에 부귀영화와 아름다운 여인들을 뒀다. 무공에 정진하는 것도 좋지만 맛있는 음식을 먹고, 아름다운 여인의 품속에서 시간을 보내고 싶었다.

즐기고 살지 못하면 불행한 사람일 뿐이다.

휘익!

땅을 박찬 이한열이 새처럼 훨훨 날아올라 기련산을 내려가기 시작했다.

시원한 바람을 온몸으로 맞고 있는 이한열은 기분이 좋았다. 몸은 점점 가벼워졌고, 마음은 구름을 뚫고 날아올랐다.

"우우우우우!"

이한열의 입에서 절로 창룡후가 흘러나왔다.

어풍비행!

그가 바람을 타고 날아오르는 놀라운 경공을 선보였다.

몸과 마음이 가벼워지자, 어검비행과 어깨를 나란히 하는 절대적인 경신술이 저절로 나타났다.

뭐든 즐길 수 있는 일을 하는 것이 정석이다.

수련을 함에 있어 꼭 숲 속에서 해야 할 필요가 있는가?

절세미녀의 품 안에서 수련을 하는 것도 가능했다.

불가능하다고?

이한열은 지금까지 풍류를 즐기면서 잘만 해 왔다.

"공부는 어느 곳에나 있다."

풍운조화는 세상의 삶 곳곳에 녹아들어 있었다.

남과 여가 만나는 풍운의 조화로움은 세상의 석학들이 고금 이래 계속 연구해 와도 풀지 못하는 난제였다. 그런 난제를 접하면서 이한열이 계속해 공부하고 또 공부했다.

풍류남아로서 이한열의 조예는 초특급이었다.

단순히 여자를 즐기는 것이 아닌 그 안에서 자연의 신비를 깨달았다. 물론 그러면서 여체의 신비를 깊숙하게 체득하고 있었다.

즐기면서 배우니 어찌 즐겁지 않겠는가!

물론 배우면서 얻을 수 있는 바가 있으면 금상첨화이고, 사실 없어도 상관없었다. 즐기는 자체가 이미 모든 걸 이룬 것이나 마찬가지였다. 뒤따라오는 것은 부가적인 부산물에 불과했다.

인생을 너무 계산적이고 빡빡하게 살 필요는 없었다.

어차피 한 번 사는 일생(一生)이다.

피곤하지 않게 즐기면서 살아도 부족하다.

"하하하하!"

이한열이 자신도 모르게 맑은 웃음을 터트렸다.

바람과 하나가 된 이한열이 산을 빠른 속도로 주파해 나갔다.

휘이익!

바람이 된 그가 절벽을 뛰어넘고, 산봉우리를 그대로 타넘었다. 고고한 성격을 가진 수도승들과 달리 산을 벗어나 아래로 내려갈수록 이한열의 기운이 맑아졌다.

세속에 물든 이한열의 특성이 고스란히 발휘됐다.

이한열은 오히려 고적한 절에서 주화입마를 당할 위험이 컸다. 언제 어떻게 될지 모르는 혼탁한 세파를 겪으면서 점점 더 성장해 나갔다. 복잡한 인생사를 더욱 즐겼다.

아무리 복잡한 길을 걷는다고 해도 주제와 분수를 알고 우직하게 나아가면 그만이다. 이해득실에 민감한 이한열은 자신이 나아갈 방향을 본능적으로 알고 있다.

깨어 있는 사고를 가지고 있었기에 인생사에서 헤매지 않았다.

히죽!

이한열이 웃었다.

너무 세속적인 웃음이 오히려 얄밉게 보이기도 했다.

　잘 포장해서 멋진 모습을 보여도 될 텐데 굳이 속속들이 까발리고 있었다. 본성을 회피하지 않고 있는 그대로 보여 줬다.

　이한열은 굳이 피하지 않고 본능에 몸을 맡겼다.

第三章

**매화옥봉
곽무조**

휘익!

바람이 된 이한열이 기련산을 내려가고 있을 때였다.

"응?"

그의 눈에 이채가 어렸다.

바람을 타고 금속성 소리가 귓가에 들려왔다. 깊은 산속에서 울려 퍼지는 날카로운 소리는 점점 선명해졌다.

"가자!"

이한열이 주저하지 않고 곧바로 소리의 진원지로 향했다.

강호에는 타인의 은원에 간섭하지 말라는 말이 있지만 그건 이한열에게 해당이 되지 않았다. 산속에서 울리는 금속성 소리에 관심이 생기는 건 사람인 이상 당연했다.

휘이익!

이한열이 속도를 더욱 높였다.

열 호흡이 채 끝나기도 전에 현장이 이한열의 눈에 들어왔
다.

삭!

가느다란 나뭇가지 위에 바람처럼 올랐다.

휘청!

나뭇가지가 부드럽게 출렁였다.

'오오오!'

이한열의 눈이 절로 커졌다.

아름다운 여인의 몸에서 점점 옷이 사라지면서 속살이 드
러나고 있었다.

챙! 채앵!

캉! 카아앙!

검과 도, 창들이 격렬하게 부딪치고 있었다.

긴 머리를 휘날리고 있는 한 여인이 연신 검을 휘두르면서
세 명의 남자들과 격돌하였다. 그러나 한 개의 검으로는 세
개의 병장기를 제대로 막아 내지 못했다.

찌이익! 찍!

옷자락이 날카로운 병장기에 찢겨져 나가면서 여체의 하

얀 속살이 모습을 드러냈다.

맨살에 상처를 입히지 않고 옷만 찢어 내는 세 명의 사내들은 초절정고수였다.

쾌락삼음마!

화합발양색공을 익히고 있는 녹림의 거마들로 언제 어디서든 세 명이 함께 움직이는 걸로 유명했다. 팽팽한 이십 대의 외모를 하고 있었지만 실제 나이는 구십이 넘은 노마들이었다.

그들은 정총에 무림공적으로 올라와 있어 그동안 깊은 기련산 속에 은거하고 있었다. 사마외도들의 준동으로 인해 정총이 흔들리고 있는 탓에 재차 강호에 출도했다.

"히히히히! 속살 좀 봐라!"

"새하얀 살이 매력적인데……."

"남자 경험은 있나 모르겠어. 흐흐흐흐!"

초절정고수들이 음담한 말을 마구 내뱉으면서 음탕한 시선으로 여인의 몸을 훑었다.

부르르! 부르르!

지독한 치욕감을 느낀 여인이 몸을 떨었다.

꾹!

입술을 질끈 깨문 여인이 발악적으로 검을 휘둘렀다.

하지만 여인의 검은 시간이 지날수록 점점 어지럽게 흔들렸다. 그렇지 않아도 세 명의 초절정고수들을 상대하기 힘든 판에 심기가 흔들리자 더욱 궁지에 내몰렸다.

"히히히히! 이제 조금만 더 하면 눕힐 수 있겠는데……."

"내가 제일 먼저다."

"웃기는 소리!"

"매화옥봉의 고의를 잘라 내는 사람이 처음으로 깃발을 꽂는 걸로 하자."

"좋아."

"저년의 고의는 내 차지다."

매화옥봉 곽무조의 얼굴이 붉어졌다.

'실수다. 홀로 산을 오르는 것이 아니었어.'

화산파 독문무공인 매화검법을 극성으로 익힌 곽무조는 강호 무림의 후기지수들 가운데 최고의 재능을 가지고 있다고 인정받는 구룡칠봉의 한 명이었다.

그녀는 아미파에 방문했다가 화산파로 돌아가던 중 시간이 남아 가벼운 마음으로 기련산에 올랐다.

하지만 그것이 천추의 한으로 돌아오게 될지 미처 상상도 하지 못했다.

현재 그녀는 음약인 표섭정향에 중독되어 무공을 제대로 펼쳐 낼 수도 없었다. 시간이 흐를수록 손발이 어지러워졌다.

휘이익!

스팟!

파앗!

쾌락삼음마의 검도창이 미친 듯이 곽무조의 하체를 노렸다.

그녀가 허리를 비틀면서 검도창을 피하려고 노력했지만 점점 몸에서 힘이 빠져나갔다. 호흡이 가빠지면서 시야까지 어지러워졌다.

'혀를 깨물어야 하나?'

이대로 시간이 지나면 몸이 더럽혀질 수밖에 없게 된다는 걸 깨달은 그녀가 자진을 생각했다.

주르륵! 주르륵!

죽음을 각오하자, 절로 투명한 눈물이 흘러나왔다.

그럴 수밖에 없다.

죽도록 노력해서 칠봉의 한 명이 되었는데, 밝은 세상에서 좋은 걸 제대로 누려 보지도 못하고 죽게 생겼다.

슥!

그녀가 붉은 혀를 하얀 치아 사이로 내밀면서 자진하려고 했다.

"저년이 죽으려고 한다."

"막아!"

"마혈을 찍자."

쾌락삼음마가 황급히 곽무조를 제압하려고 날뛰었다.

마혈이 제압당하는 순간 능욕당한다는 걸 알고 있는 곽무조가 서둘러서 혀를 깨물려고 했다.

그때였다.

휘익!

그녀의 전면에 이한열이 모습을 드러냈다.

파라락! 파라락!

바람에 학창의가 표표히 흩날리고, 머리카락이 나부꼈다.

'미녀의 죽음을 방관할 수는 없지. 그리고 정절을 지키려는 모습도 멋있고 말이야.'

이한열은 곽무조의 오른팔에 찍혀 있는 수궁사를 목격했다. 처녀의 상징인 수궁사 때문에 더욱 호감이 생겼다.

이한열은 역시 속물이었다.

본인은 많은 여자를 만나고 다니면서도 그는 여인들에게 은근히 그리고 또 적극적으로 정절을 요구하고 있었다.

그러나 어쩌겠는가!

이것이 바로 대부분 사내들의 속성인 걸 말이다.

이한열은 그저 사내의 속성에 자연스럽게 충실할 뿐이었다.

방금 전까지 쾌락삼음마가 보이던 곽무조의 시야에 듬직

한 사내의 등만 보였다. 모든 걸 막아 줄 것만 같은 탄탄한 등이었다.

"아!"

곽무조가 탄성을 터트렸다.

아무 기세도 느껴지지 않는 사내였지만 그것이 더욱 그녀를 안심시켰다. 눈에 보이는 지금도 바람처럼 기세가 잡히지 않았다.

초강자의 등장이었다.

"어머!"

그녀가 부끄러운 신음을 내뱉었다.

와락!

찢어진 옷자락을 부여잡으면서 주저앉았다. 그러나 워낙 찢어진 부위가 많았기 때문에 손으로 잡아당긴다고 해도 가려지지가 않았다.

풍만한 가슴이 뽀얀 속살을 내비쳤으며, 버드나무처럼 가느다란 허리와 오랜 수련으로 탄력적인 복근이 함께 보였고, 집요한 공격에 의해 붉은 고의가 세상에 모습을 드러냈다.

'봤을까?'

몸을 최대한 웅크린 그녀는 자신의 몸과 붉은 고의를 이한열이 봤을지 몰라 심장이 두근거렸다.

'하필이면 왜 붉고 작은 고의를 입었지? 이왕이면 흰색으

로 할 걸 그랬어.'

곽무조의 얼굴이 노을처럼 붉어졌다.

사랑을 꿈꾸고 있는 그녀는 사실 강호에 나와 연인을 찾고 있었다.

죽을 위기에 처했을 때 등장한 초강자 이한열이 그녀의 마음에 크게 다가왔다. 아직 얼굴도 보지 못했지만 이한열에게 큰 호감을 가졌다.

"호법을 서겠으니 안심하고 음약을 몰아내시오."

쾌락삼음마를 경계하면서 이한열이 묵직하게 말했다.

사실 등을 돌려 여기저기 여체의 신비를 드러낸 곽무조를 샅샅이 훑어보고 싶은 마음이 컸으니 그랬다가는 말짱 꽝이라는 걸 잘 알았다.

지금 순간 그는 정명한 모습을 보여 줬다.

잘 포장하는 건 이한열의 특기 가운데 하나였다.

"고마워요."

곽무조가 황급히 가부좌를 틀고 운기 조식에 들어갔다. 육합구소신공의 경로를 따라 진기를 이끌었다.

처음에는 힘겨움을 느꼈으나 이내 상체를 꼿꼿이 세울 수 있었다. 봉긋하면서 풍만한 가슴이 찢어진 옷 사이로 튀어나오려고 했다.

이한열이 등을 돌리고 있었지만 곽무조의 움직임과 몸 상태를 선명하게 읽고 있었다.

눈으로 보지 않고 기감으로 느끼는 것도 쏠쏠한 재미를
선사해 줬다.

"훗!"

이한열이 즐겁게 웃었다.

여유롭게 웃고 있는 초강자의 등장을 쾌락삼음마도 깨달
았다. 나쁜 짓을 일삼으면서 돌아다녔기에 초강자에 대해서
는 항상 민감했다. 인지하지 못한 순간 눈앞에 드러났다는
건 심상치 않은 무위를 지녔다는 반증이었다.

『어떻게 하지? 합공할까?』

『느낌이 좋지 않아. 우선 대화로 처리하자.』

『초강자다. 아무것도 느낄 수 없어. 조심해야 해.』

쾌락삼음마가 이한열을 삼재로 포위하면서 전음을 주고
받았다.

"보호해 줘야 할 여자를 죽이려고 하다니, 쓰레기들이군."

이한열의 시선이 쾌락삼음마를 서늘하게 훑었다.

사실 현장을 조금 더 지켜보려고 했지만 자진하려고 한
곽무조 때문에 지체할 수가 없었다.

"허허허! 뭔가 오해가 있나 보군! 소협!"

"우리 문파의 문도를 교육하던 중이었네."

"지나가던 길 그냥 지나가시게. 타문파의 일에 함부로 끼

어드는 건 잘못이라네."

쾌락삼음마가 말을 돌렸다.

운기 조식에 빠져 있는 곽무조를 보면서 임기응변을 발휘
한 것이었다. 오로지 음약을 몰아내는 데 집중하고 있는 곽
무조였다.

"후후후!"

이한열이 웃었다.

곽무조가 운기 조식에 빠져 말을 하지 못하고는 있지만
눈과 귀까지 닫고 있는 건 아니었다.

그녀가 터무니없는 이야기에 발을 동동 구르고 있는 심정
이었다. 눈꺼풀을 파르르 떨면서 제발 속지 말라고 외쳤다.

그리고 그런 마음을 이한열이 이심전심으로 받아들였다.

"바보가 아닌 이상 어떻게 속겠소? 안심하시오."

이한열은 곽무조에게 잘 보여야 했다.

우우웅! 우우우웅!

이한열의 몸에서 창대한 용음이 울려 댔다.

여심을 열기 위한 가장 좋은 방법은 남자의 멋진 모습을
보여 주는 것이었다. 난처한 처지에 몰린 곽무조의 여심을
열기 위해서 지금 가장 필요한 건 강력한 무력이었다.

"젠장! 합공이다. 북풍소설검!"

"재황일영! 추천환일!"

"천폭지열!"

쾌락삼음마가 삼재의 방향에서 최고의 절초를 뿜어냈다.

콰아아아! 콰아아아!

휘휘휘휘! 휘휘휘휘휘!

쿠콰콰콰콰콰!

오랜 세월 함께 놀아난 쾌락삼음마의 협공은 절묘했다. 하나의 마음으로 세 개의 병기를 움직인 것처럼 보였다. 이한열이 움직일 수 있는 모든 방위를 점한 기운들이 연환하면서 사납게 날뛰었다. 맹렬한 기세가 울부짖으면서 이한열을 갈기갈기 찢으려고 했다.

초절정고수라고 해도 금방 손발이 어지러워져 죽을 정도로 위력적인 합공이었다. 쾌락삼음마의 합공은 강호에서도 일절로 소문이 나 있었다. 그렇기에 정총에 의해 무림공적으로 낙인찍히고도 아직까지 살아남을 수 있었다.

그러나 이한열의 눈에 보이는 쾌락삼음마의 합공은 너무나도 어설펐다. 하나로 딱딱 맞아떨어지는 것이 아닌 세 사람이 따로따로 노는 것처럼 보였다. 호흡과 호흡 사이에 가를 수 있는 간격이 있었고, 검도창 사이를 비집고 들어가는 것도 가능했다.

혈마가 보여 줬던 기세에 비하면 쾌락삼음마의 합공은 발가락의 때처럼 하찮았다.

슥!

이한열이 우수를 치켜세웠다.

휘이이이이! 휘이이이이!

몸에서 일어난 용음이 우수로 몰려들면서 맑고 청명한 기운으로 탈바꿈했다. 팔만사천검의 묘리를 듬뿍 담은 선천의 기운들이 마구 흘러나왔다.

"아름다운 여인의 눈에 눈물을 흘리게 한 죄를 받아라!"

이한열이 말과 함께 우수를 가볍게 내리그었다.

휘이이! 휘이이이!

청명한 바람 소리와 함께 투명하고 파란 수영들이 일제히 튀어나왔다.

퍼퍼퍽! 퍼퍼퍼퍽!

투투툭! 투투투툭!

푸푸푹! 푸푸푸푸푹!

쾌락삼음마가 뿜어낸 공격들이 파란 수영과 부딪치면서 모조리 허공에서 사라졌다. 대적 불가의 압도적인 힘 앞에서 합공은 무용지물이었다.

"헉! 단전이 깨졌다."

"크흑! 진기가 사라지고 있어."

"우우욱! 안…… 돼!"

쾌락삼음마가 신음을 토해 내면서 제자리에 그대로 주저

앉았다.

주르르륵! 주르륵!

이십 대의 팽팽한 외모를 자랑하던 그들의 피부가 쭈글쭈
글해졌다.

단전에 가득 차 있던 진기가 빠른 속도로 허공에 방사되
고 있었다.

"이것이 너희들의 인과응보다."

이한열이 쾌락삼음마를 처벌했다.

"이럴 수는 없다!"

"무인의 단전을 깨 버리다니! 천인공노할 놈!"

"무인에게 단전은 생명이나 마찬가지다. 차라리 죽여라."

쾌락삼음마가 처절하게 울부짖었다.

항상 괴롭히기만 하던 그들은 거꾸로 당하는 입장이 되자
견딜 수가 없었다.

그리고 목숨을 빼앗지 않았다는 사실에 은연중 안도하며
발악하였다.

이한열은 물렁한 성격이 결코 아니었다.

쾌락삼음마의 비참한 저항을 이한열이 묵묵히 들어 줬다.
평소라면 곧바로 출수하여 입을 다물게 하겠지만 이번은 다
르게 행동했다.

"너희들의 마지막은 따로 처리할 분이 있다. 그것이 잠시

라도 더 세상의 공기를 맛보게 해 준 이유이지.”

쾌락삼음마를 바라보는 이한열의 눈빛이 무척이나 서늘했다. 쾌락삼음마는 살아 있어 봤자 세상을 좀먹는 악이 될 종자들이었다. 무공이 없다고 해도 여전히 나쁜 짓을 하고도 남았다.

스윽!

운기 조식을 끝낸 곽무조가 가부좌를 풀고 일어났다.

음약을 모두 몰아낸 그녀의 얼굴은 여전히 붉었다.

사박! 사박!

분기탱천한 그녀가 이하열의 옆을 지나 쾌락삼음마를 향해 다가갔다.

천천히 걸어가는 그녀의 두 눈에서 살기가 줄줄 흘러나왔다.

“허억! 잠시 눈이 돌아서 미친 짓을 저질렀다. 용서해 다오.”

“살려만 주면 개과천선하겠다.”

“네가 너무 예뻐서 잘못을 저질렀구나. 한 번만 살려다오.”

쾌락삼음마가 손이 발이 되도록 싹싹 빌었다.

그러나 곽무조에게는 씨알도 먹히지 않는 헛소리였다.

“너희 때문에 나는 꽃도 피워 보지 못하고 죽을 뻔했어.

그런데 살려 달라고? 너희들은 인간이 아닌 짐승이다. 짐승은 인간의 세계에서 살아갈 가치가 없어."

곽무조가 검을 강하게 움켜잡았다.

강호에서 여성을 탐하는 색마들은 즉결 처형을 당해도 할 말이 없었다. 일순간의 쾌락을 위해 여성들을 능욕하였다. 색마들에게 순결과 정절을 잃어버린 여인들은 살아가면서 고통에 찬 시간을 보낸다.

그런 여성의 아픔을 직간접적으로 이해한 그녀는 쾌락삼음마를 살려 둘 생각이 눈곱만치도 없었다.

휘익!

그녀가 매섭게 검을 휘둘렀다.

서걱!

슥!

스윽!

예리한 절삭음과 함께 세 개의 수급이 허공에 붕 떠올랐다가 땅바닥에 떨어졌다.

투툭!

툭!

투욱!

오랜 세월 강호 무림에서 악명이 드높였던 쾌락삼음마가 곽무조에 의해 죽었다.

"흐윽!"

그녀가 울음을 토해 냈다.

무공을 익히고 난 뒤 처음으로 한 살인이었다.

시야가 크게 흐려졌다.

독한 마음으로 검을 휘둘러 살인을 한 촉감이 여전히 손에 남아 있었다.

흔들리는 마음을 다잡으려고 해도 생명을 빼앗았다는 충격이 무척이나 컸다.

그럴 수밖에 없다.

철혈여장부가 아닌 마음이 여린 곽무조였다.

"흐윽!"

그녀의 시야에 태산처럼 듬직한 품이 보였다.

잘생긴 이한열의 얼굴을 두 눈에 가득 담았다.

평소라면 결코 있을 수 없는 일인데, 여러 가지 상황으로 인해 이한열에게 믿을 수 없을 정도로 빠져 들어갔다.

휘익!

슬픔을 가지고 있는 나비가 된 그녀가 이한열의 품에 몸을 던졌다.

바르르! 바르르!

지독한 슬픔과 안타까움에 그녀가 몸을 떨었다.

와락!

이한열이 그녀를 품에 안았다.

"진정하시오."

그가 애처로운 몸짓을 하고 있는 곽무조의 어깨에 손을 올렸다.

비에 맞은 병아리처럼 죽어 가고 있는 그녀에게 온기를 전해 줬다.

'이건 치료야, 치료!'

이한열이 음흉한 속내를 숨기면서 곽무조를 더욱 강하게 끌어안았다.

슬금! 슬금!

그의 손이 점점 아래로 내려갔다.

어깨에 있던 손이 허리 쪽으로 자연스럽게 흘러갔다.

'참으로 잘 찢어 놓았단 말이야.'

이한열이 쾌락삼음마가 찢어 놓은 옷 사이로 맨살의 촉감을 즐겼다.

바르르! 바르르!

부드러운 손길에 따뜻한 평안을 느끼고 있는 곽무조가 더욱 이한열의 품 안으로 파고들었다.

몸을 맡기고 있으면서도 괜히 미안했다. 구해 준 은인에게 너무 많은 걸 바라고 요구하고 있는 것 같기도 했기 때문이었다.

그러나 이한열의 품에서 벗어나고 싶지 않았다.

'따뜻해!'

그녀의 얼굴이 살포시 붉어졌다.

따뜻한 온기와 함께 몸을 쓰다듬는 손짓에 의해 추운 마음을 풀고 있었다.

숫처녀인 그녀의 마음에 봄이 찾아왔다.

순진한 아가씨 한 명이 때에 잔뜩 물들어 있는 이한열에게 넘어왔다. 눈에 콩깍지가 덮여 있어 이제는 빼도 박도 못하는 처지였다.

그리고 이한열은 어장에 들어온 물고기를 밖으로 내보낼 정도로 어리석지 않았다. 어장 관리를 하는 데에 있어서도 선수였다.

'훗!'

이한열의 입가에 진한 미소가 떠올랐다.

풍류남아 가운데서도 선수인 이한열은 품에 안긴 곽무조의 마음을 단번에 알아차렸다.

'이래서 속세를 벗어날 수가 없다니까.'

하산하자마자 아름다운 여인을 품에 안은 이한열은 속세에 있을 때가 가장 행복하고 즐거웠다.

'나만 좋은 것이 아니잖아. 나는 사랑을 주고, 사랑을 받는 풍류남아다.'

그는 일방적으로 자신만의 즐거움을 추구하지 않았다.
함께 더불어 사는 세상이다.
즐기는 만큼 상대방에게 즐거움을 주려고 노력한다.
이한열의 사랑은 일방통행이 아닌 쌍방통행이었다.

第四章

정인군자

바르르르르르!

살인의 충격을 떨쳐 낸 곽무조의 떨림이 점점 줄어들었다.

"이제 정신이 드시오?"

"죄송해요."

"괜찮소. 마음의 안정을 찾을 수 있다면 언제라도 품을 빌려 드릴 수 있소이다."

"구원에 감사드려요. 화산파의 매화옥봉 곽무조라고 해요."

"구룡칠봉의 한 분이시군요. 저는 이한열이라고 합니다."

"아! 이한열 진사님이시군요. 명성은 많이 들었어요."

곽무조의 눈이 동그래졌다.

조정의 고관대작인 문화전대학사이자 강호에서 초절정의 무위를 선보이고 있는 이한열에 대한 이야기와 소문은 많이 들었다.

과거에 급제를 한 진사의 신분으로 강호에서 활보하는 이한열은 무척이나 희귀하고 특이한 존재였다. 강호에 명성이 자자한 무인들을 쓰러뜨리면서도 무패의 전적을 자랑하고 있었기에 후기지수의 위치를 한참 벗어난 상태였다.

그렇기에 이한열은 구룡칠봉에 포함이 되어 있지 않았다. 구룡칠봉에서 논할 수 있는 수준이 결코 아니었다.

'어머! 머리도 좋고, 무위도 훌륭해.'

이한열의 정체를 알게 되니 곽무조는 더욱 호감이 마음에 샘솟았다. 고관대작의 부인이 될 수도 있다고 생각하였다.

'꼭 잡자!'

그녀가 속으로 앙큼한 결심을 했다.

친하게 지내는 언니 조희의 경우를 보면서 멋진 남자는 여자가 용기를 내어 잡아야 한다고 생각해 왔다. 그러던 차에 멋진 이한열을 보고서 용기를 내기로 작정했다.

"조금 더 빨리 왔어야 하는데, 고생했소."

일찍 도착해서 마음껏 구경했던 이한열이 천연덕스럽게 거짓말을 했다. 만약 곽무조가 혀를 깨물어 자진하려고 하지 않았다면 더욱 오랜 시간 현장 관람을 했을 것이다.

"그런 말씀 마세요."

실상을 모르고 있는 곽무조가 고개를 팩팩 저었다.

만약 알았다면 제자리에서 방방 뛰고도 남았다.

스윽!

말과 동시에 이한열이 학창의를 벗어 곽무조의 몸을 뒤덮어 줬다. 여기저기 맨살을 드러낸 곽무조의 몸이 사라지자 속으로 무척 아쉬워했다.

"고마워요."

곽무조가 거절하지 않고 학창의로 몸을 가렸다.

따뜻한 온기와 함께 기분 좋은 이한열의 체향을 깊이 맡았다.

"어디로 가시는 길인가요?"

"정총을 방문할 생각이오."

"정총이요?"

"정총이 흔들리고 있다는 이야기를 들었소. 정총에 들러 도울 수 있는 길이 있는지 찾아볼 생각이라오."

이한열이 눈빛을 반짝이고 있는 곽무조에게 대답했다.

정총의 척살 대상 일 위에 올라 있는 사람이 바로 이한열이었다. 강호 무림을 지배하고 있던 정총에 균열이 가게 만든 장본인이기 때문이었다.

그가 필요에 의해 잘나가던 정총을 병들게 만들었다. 그리고 병들었기에 찾아가서 낫게 만들어 줄 필요성이 다시금 제기됐다.

'강호 무림을 지배하는 세력은 어디까지나 백도가 되어야 한다.'

이한열은 사회악적인 부분을 보이고 있지만 정총의 필요성에 크게 공감했다. 사마외도의 단체들이 지배하는 강호 무림은 생각만 해도 끔찍했다.

피에 미친 혈마교가 강호를 일통한다면?

강호에 지옥이 강림하는 것과 똑같았다.

부작용이 있어도 정총이 강호를 지배할 때가 가장 평화로웠다.

그녀는 옥로전검 사부의 명령에 따라 아미파를 방문하여 서찰을 전하고 답신을 가지고 돌아가는 중이었다. 사사로운 감정 때문에 정총으로 향할 수가 없었다.

"아쉽네요. 저도 함께하고 싶은데, 화산파에 먼저 들러야 해요."

곽무조는 은근히 이한열이 함께 화산파로 갔으면 하는 바람을 드러냈다. 화산파를 방문하였다가 같이 정총으로 향하면 더할 나위 없이 좋았다.

"나 역시 아쉽소. 하지만 강호의 평화와 안위를 수호하는 정총이 흔들리고 있는 와중에 더는 시간을 지체할 수가 없소이다."

이한열이 강호를 걱정하는 정인군자의 모습을 선보였다.

"아! 제가 어리석었네요."

남자가 나아가는 길을 막을 수 없다고 느낀 곽무조가 재빨리 고개를 숙였다.

'훗! 야합을 하고 싶기도 하지만 그럴 필요까지는 없지. 기다리다 보면 쌀이 알아서 밥이 될 테니까. 사랑은 지켜 줘야 할 때도 있는 법이지.'

그가 약간 억지를 부리면 숲에서도 야합을 할 수 있었다. 하지만 숫처녀와의 첫날밤을 야합으로 보내기에는 무리가 많다는 것을 알았다.

쾌락만 쫓아서 야합을 한다면 짐승과 다를 바가 무엇인가!

이한열은 좋아하는 감정이 생긴 곽무조와 아름다운 사랑을 하고 싶었다. 여인을 배려할 줄 아는 자상한 남자였다.

"우리가 다시 만나게 될 날은 오래 걸리지 않을 거요."

"물론이에요."

곽무조가 고개를 강하게 끄덕였다.

그녀가 점점 더 아름다운 여인의 향기를 뿜어냈다. 사랑에 눈을 뜬 여인의 몸과 마음이 활짝 개화하고 있었다.

"잠시만 기다리시오."

이한열이 땅바닥에 뒹굴고 있는 쾌락삼음마의 수급을 챙겼다. 세 개 수급의 머리카락을 묶은 뒤에 허릿춤에 매달았다.

"수급들은 왜 챙기시나요?"

곽무조가 흉물스러운 수급을 허리에 매단 모습에 다소 경기를 일으켰다.

"색마들인 이자들은 관청에 등록이 되어 있는 범죄자들이오. 수급을 가져가서 관청에 보고를 하는 동시에 이들에게 아픔을 겪은 사람들에게 위로를 주기 위함이오."

"아! 그렇군요."

곽무조가 탄성을 터트렸다.

쾌락삼음마로 인해 파탄 난 가정이 하나둘이 아니었다.

쾌락삼음마에게 원한을 가지고 있는 사람들이 부지기수였다. 그들은 직접 현상금을 내걸기까지 하며 복수를 꿈꿨다.

이한열은 쾌락삼음마 때문에 아픈 사람들의 상처를 자상하게 어루만져 주려 하고 있었다.

"정말 자상하시네요."

이한열을 바라보는 곽무조의 시선이 더욱 깊어졌다.

씨익!

이한열이 매혹적인 웃음을 지어냈다.

오해다.

정말로 완전한 곽무조만의 착각이었다.

이한열은 지금까지 쾌락삼음마보다 더 나쁜 짓을 한 마두들의 수급도 챙긴 적이 없었다. 그저 지워 버릴 뿐, 아픈 상처를 가진 자들을 위로하지 않았다.

'찔리네. 다음부터는 아파하는 약자들을 조금이라도 챙겨야겠다.'

그가 곽무조에게 잘 보이기 위해 포장하는 와중에 양심의 가책을 느꼈다. 그러면서 차후에는 약자들을 배려하겠다고 마음먹었다.

"갑시다."

"네."

그들이 산을 타고 나아가기 시작했다.

파라락! 파라락!

바람을 가르면서 나아가는 그들이 서로 두런두런 이야기를 나눴다. 대화와 함께 풋풋하고 어색하던 두 남녀의 사이가 점점 깊어져 갔다.

함께 나아가면서 이한열은 곽무조의 이야기를 들을 수 있었다.

그녀는 화산파 속가 제자였던 자가 개파한 검술 도장 곽씨무문 문주의 둘째딸로 검술을 익히고 있다가 소질과 재능을 인정받아 화산파의 본산 제자가 되었다. 수련 제자로 있다가 화산파 장로인 옥로전검의 눈에 들어 수발을 전수받았다.

집안 배경도 든든하고, 사부도 화산파의 장로였고, 아름다운 미모를 지녔고, 무위까지 구룡칠봉에 들 정도의 재녀였다.

속가 제자들이 연 검술 도장 가운데 곽씨무문은 다섯 손가락 안에 들어갈 정도로 규모가 컸다. 곽씨무문에서 화산파에 매년 바치는 금액만 해도 상당했다.

살인에 눈물을 글썽거릴 정도로 곽무조는 독심을 가지고 있지 못한 여린 여인이었다. 강호에 몸을 맡기고 있지만 여염집 여인에 더 어울렸다.

그런 사실을 본인도 잘 알고 있기에 좋은 남자를 만나 결혼하려고 했다.

곽무조의 눈에 비친 이한열은 좋은 남자였다.

뛰어난 무위를 지닌 그들이 산을 넘어가는 건 금방이었다. 사람들의 시선을 피해 가장 먼저 도착한 곳이 바로 관청이었다.

"멈춰라."

"더 이상 접근하면 창으로 찌르겠다."

허리에 세 개의 수급을 매달고 나타난 이한열 때문에 관청을 지키고 있던 병사들이 경계심을 드러냈다.

툭!

이한열이 즙포묵패를 보여 주면서 소란은 단숨에 정리됐다.

"문화전대학사를 뵙습니다."

"문화전대학사를 뵙습니다."

병사들이 일제히 부복했다.

높은 신분 덕분에 이한열은 쉽게 쾌락삼음마의 수급을 처리할 수 있었다.

"……이렇게 됐다. 처리해라."

병사들에게 간단한 설명과 함께 쾌락삼음마의 수급을 던져 주는 것으로 이한열이 일을 끝내 버렸다.

만약 일반 강호인이었다면 관리들에게 붙잡혀 서면조사까지 당해야만 했으리라! 심지어 수급의 정체가 밝혀지고 일의 전모를 파악할 때까지 관청에 감금을 당할 수도 있었다.

강호인들이 현상금 걸린 범죄자들을 처리하고도 쉽게 관청에 수급을 가지고 오지 않는 이유였다. 복잡한 일에 엮이기 싫기 때문이었다.

"알겠습니다."

"맡겨 주십시오."

휘익!

세 개의 수급을 받은 병사들이 복명했다.

"현상금은 너희들이 알아서 사용하도록 해."

이한열이 착하게 말을 듣고 있는 병사들에게 선물을 줬다.

"헉! 감사합니다."

"최선을 다하겠습니다."

병사들의 얼굴이 환희에 물들었다.

악독한 짓을 많이 저지른 쾌락삼음마에게 걸려 있는 현상금은 결코 적은 액수가 아니었다. 관청 경계를 서고 있던 세 명의 병사들이 나누어 가진다고 해도 살 만한 집을 서너 채씩 살 수 있을 정도였다.

돈의 가치는 상대적이다.

이한열의 입장에서 볼 때는 푼돈이었다.

푼돈을 베풀어서 명성과 인망을 쌓는 것은 이한열에게 남는 장사였다.

'대단해!'

모든 광경을 옆에서 지켜보고 있는 곽무조의 눈길이 더욱 강렬해졌다.

무공이 고강한 무림인이라고 해도 관청의 병사들을 상대하는 건 쉽지 않았다. 강호에 명성이 자자한 화산파의 무인들만 해도 관할 관청의 눈치를 살펴야 할 때가 종종 있었다.

대명의 고관대작인 이한열을 접한 병사들은 고개도 제대로 들지 못하고 절절 기었다. 그 모습이 곽무조에게는 너무나도 경이롭게 비쳐졌다.

'높은 신분이면서도 아랫사람들을 알뜰하게 챙기고 있어. 너무 훌륭한 인품을 지니셨어.'

속사정을 잘 모르는 그녀는 정이 넘쳐 나는 이한열의 모습에 큰 감명을 받았다.

실제로 이한열의 평판 가운데에는 억지로 포장된 것이 많았다. 다만 그런 사실을 대다수 일반인들은 모른다는 사실이 문제였다.

그리고 그런 일반인에 곽무조가 합류했다.

소중하게 간직하고 있던 그녀의 연정이 비열하고 옹졸한 이한열에게로 가서 꽂혔다.

생각지도 못한 엉뚱한 방향이었다.

원하는 대로 흘러가지 않는 것이 인생사였다.

어디로 갈지 모르는 인생이기에 더욱 재미나고 슬프고 안타까웠다.

여인들이여!

함부로 마음을 주지 말라!

눈에 보이는 대로 믿다가는 이한열처럼 번지르르하게 포장한 사람에게 당할 수 있었다.

객관적으로 볼 때 이한열이 나쁜 남자라는 건 결코 아니었다. 분명히 결혼하기 좋은 남자였다. 단지 곽무조가 희망하던 군자풍의 멋진 남자가 아니라는 의미였다.

이한열의 바르게 보이는 겉모습과 옹졸하고 이기적인 내면은 분명히 달랐다.

위험에 처한 곽무조를 구하면서 이한열이 연막을 환상적으로 잘 친 탓이었다. 곽무조의 눈에 비친 이한열은 강호에서 좀처럼 찾아보기 힘든 훌륭한 정인군자였다.

第五章
마교

　　높고 새파란 하늘이 손에 잡힐 듯 청명했다.

　　하늘 아래 가장 높다고 하는 천산의 햇살은 감미로웠다.

　　높은 봉우리에는 만년설이 새하얗게 빛나고 있었다.

　　하늘을 나는 새도 쉽게 넘어갈 수 없다는 천산은 무척이나
아름다웠다.

　　저벅! 저벅!

　　혈마교에 있던 이한열이 천산을 걷고 있었다.

　　원래라고 하면 천산에 올 계획이 없었는데, 고금제일마 혈
마를 만나고 난 뒤 갑작스럽게 행로를 변경했다. 그리고 이
행보가 그의 강호일통행에 있어 무척이나 중요하였다.

천산에는 단일 세력으로 자타공인 최강이라 알려진 마교가 위치하고 있었다. 중원 무림을 지배하고 있는 정총이라고 해도 마교 앞에서는 한 수 양보할 정도였다.

아홉 차례에 걸쳐 중원을 침략할 때도 마교는 지금까지 전력을 기울인 적이 단 한 번도 없었다. 마교의 모든 전력이 중원 무림에 투사되었다면 진즉에 강호일통을 하였을 것이란 학자들의 연구 결과도 있었다.

그렇지만 마교는 극심한 피해를 입어도 멸망만 아니라면 원로원을 비롯한 숨겨진 진정한 힘을 드러내지 않았다.

그렇지만 천산에 위치한 마교가 당할 때는 이야기가 달랐다.

구 차에 이른 마교의 침범 가운데 세 번째였을 때, 중원 무림은 마교의 잔당을 추격하면서 천산까지 쫓아갔다. 마교도들에게 엄청난 피해를 입어 악에 받친 중원의 무림인들이 천산의 마교까지 완전히 멸망시키려고 하였다.

중원을 침범한 마교도들을 일망타진한 뒤 천산 마교까지 중원 무림인들의 발아래 짓밟으려고 했다. 그때 원로원을 비롯한 마교의 숨겨진 힘이 모습을 드러냈다.

진정한 초거마들의 등장 앞에서 중원 무림의 초고수들이 추풍낙엽처럼 쓰러져 갔다. 천산 마교를 멸망시키려고 했다가 반대로 궤멸에 이른 엄청난 타격을 입어야만 했다.

철혈의 율법이 지배하고 있는 마교에서도 최강의 반열에 이른 초거마들의 힘은 무시무시하였다.

마교의 초거마들은 고금제일마 혈마의 등장 이전까지만 해도 하늘 아래 최강이라고 인정받던 천마의 후예들이었다.

천마절기로 무장한 초거마들의 등장은 중원의 무림인들에게 엄청난 충격을 안겼다.

절대로 천산의 마교를 공격하지 마라.

천산의 마교에는 절대적인 힘을 가진 초거마들이 즐비하다.

천산마교의 힘은 공포 그 자체다.

살아남은 소수의 중원 무림인들이 천산 마교의 엄청난 힘을 폭로했다. 천산 마교의 진정한 힘을 알아차리고 두 번 다시 멸망을 시키겠다고 난리치지 않았다. 그저 침략하는 마교도들만을 궤멸시키려고 노력하였다.

저벅! 저벅!

이한열이 천산 마교를 향해 걸음을 옮겼다.

이미 천산의 마교 교주에게 비무첩을 보내 놓았다.

강호일통을 하기 위해서는 마교를 빼놓을 수가 없었다.

그리고 다행스럽게도 마교와 이한열은 연결이 된 부분이 있었다.

혈마교는 마교에서 파생되어 나온 한 갈래였다.

혈마교의 근원이 바로 마교에 있었다.

그렇기에 이한열이 강자지존의 율법을 내세워 마교의 교주인 천마에게 비무를 요구하는 것이 가능했다.

저벅! 저벅!

이한열이 시원한 천산의 바람을 맞으면서 산책이라도 나온 것처럼 편안하게 걸었다. 강호 무림을 공포에 빠져들게 만드는 마교로 향하면서도 여유로움이 가득 넘쳐 났다.

이백 년!

무려 이백 년 동안 마교는 발호를 하지 않은 채 웅크리고 있었다. 그렇지 않아도 가공할 힘을 지니고 있었는데 더욱 두려워졌을 것이 분명했다.

피에 미친 혈마교라고 해도 마교 앞에서는 한 수 양보를 해야만 했다. 혈마교와 마교가 정면으로 격돌하면 십중팔구 마교의 승리였다.

세력과 세력의 싸움에서도 밀리고, 초인들의 질적인 면에서도 이긴다고 장담할 수 없었다.

현 강호 무림의 천하제일인을 논할 때마다 가장 먼저 거론되는 무인이 바로 마교의 이십칠대 교주 천마 장이세였다.

초대 교주 이후 최초로 천마라는 별호를 얻은 장이세는 여러 계파로 나뉜 마교를 하나로 묶은 초인이었다. 일각에서는 초대 교주와 어깨를 나란히 할 수 있다는 말이 흘러나올 정도였다.

저벅! 저벅!

시원한 바람을 온몸으로 맞으면서 걸어가는 이한열의 걸음걸이에는 자신감이 넘쳤다.

환한 표정과 경쾌한 발놀림!

이한열의 머리 위에 뜬 태양이 밝게 빛나고 있다.

천산의 마교를 향해 점점 다가가고 있을 때였다.

찌릿!

바늘처럼 찔러 오는 예리한 기운에 이한열의 눈에 즐거움이 떠올랐다. 혈마교에서 이처럼 날카로운 기세를 뿜어낼 수 있었던 존재는 전대 혈황뿐이었다.

엄청난 초강자의 등장이다.

그런데도 불구하고 이한열의 여유로운 표정에는 변함이 없었다.

쿠아아아! 쿠아아아!

쿠콰콰콰콰콰콰!

묵직한 기세를 뿌리면서 이한열의 앞에 검은 전포를 걸친 한 사내가 모습을 드러냈다.

천마군림보!

걸음걸이 하나만으로 세상을 군림한다는 절세의 천마군림보가 지닌 위세는 장난이 아니었다. 묵직한 군림의 힘이 사방을 찍어 눌렀다.

마교의 초대 교주인 천마가 남긴 육대절예 가운데 하나가 바로 천마군림보였다. 천마군림보와 자웅을 겨룰 수 있는 보법은 강호 무림에서도 한 손가락에 꼽아야 할 지경이었다.

쿠웅!

사내가 오른발을 내질렀다.

발끝에서 시작된 묵직한 기운이 하늘과 땅의 공간을 압박했다. 머리카락이 삐죽 곤두설 정도의 힘이 보이는 모든 곳을 묵직하게 짓눌렀다.

퍼퍼퍽! 퍼퍼퍼퍽!

흙과 나무들이 가공할 힘을 버티지 못하고 알알이 터져 나갔다.

살기를 동반한 상상하기 힘든 압력이 이한열을 사방에서 눌러왔다. 아교처럼 전신을 휘어 감는 천마군림보의 기세였다.

"좋구나."

이한열이 묵직한 기세를 온몸으로 느끼면서 즐거워했다.

휘이이! 휘이이이!

사아아아아아아아!

즐거운 마음과 함께 자연스럽게 단전에서 일어난 기운이 기경팔맥을 비롯한 전신으로 휘감아 돌았다. 천마군림보의 묵직한 기세들이 팔만사천모공을 통해 들어왔다가 부드러운 바람이 되어 빠져나갔다.

천마군림보가 대단한 광세절학인 것은 분명했지만 이한열에게는 바람 그 이상이 아니었다. 구태여 대응을 하지 않아도 육체가 자연스럽게 반응하여 천마군림보의 기세를 받아 내보냈다.

혈마를 만나고 난 뒤 새롭게 얻은 육체의 공부 가운데 하나였다. 마치 스스로 지능을 가진 것처럼 육체가 반응을 일으켰다.

영성을 띤 몸의 부위가 각각 반응을 하면서 찰나의 순간에도 대응을 하기 위해 대비했다. 전장의 신인 혈마는 언제 어디에서도 즉각적으로 반응을 할 수 있는 수준이었고, 이한열을 아직 미숙했다. 그렇지만 미숙한 육체라고 해도 천마군림보를 상대하기에는 충분하였다.

강호의 평범한 시각에서 볼 때 이한열의 육체는 이미 완성형이라고 해도 과언이 아니었다.

"음! 대단하군. 혈마라고 해도 천마군림보를 맨몸으로 받을 수는 없을 텐데……."

전포를 걸친 살인마벽 형마초가 놀라움을 토했다.

스팟!

이한열의 두 눈에 차가운 살기가 섬광처럼 뿜어져 나왔다가 사라졌다.

'사부님의 원수!'

사갈철왕을 죽인 살인마벽 형마초와 대면하자 자연스럽게 살기가 튀어나왔다.

'운이 좋군.'

이한열이 천마와 손을 섞고 난 뒤 살인마벽 형마초에 대한 신병 확보를 요구할 작정이었다.

그러나 마교의 삼태상 가운데 한 명인 형마초를 마교 입장에서도 쉽게 내어 줄 수 없었다. 신분 고하를 떠나 소속된 사람을 무책임하게 내준다면 천마의 위상이 땅바닥에 처박히게 된다.

품에 안은 사람은 보호를 해 줘야 하는 것이 수장의 몫이었다.

이한열이 형마초의 신원을 요구하는 문제로 고민했는데, 이제는 그럴 필요가 없었다. 눈앞에 차가운 살기를 뿌리면서 등장하였으니 손 안 대고 코 푼 격이었다.

그가 사갈철왕 여관숙을 죽인 형마초를 치죄할 작정이었다. 물론 그냥 죽이지 않고 단물을 쪽쪽 뽑아낸 뒤에 말이다.

"혈마를 보지 못했으면 그런 말을 하지 마."

이한열이 형마초에게 면박을 줬다.

그렇지 않아도 호감이 없던 형마초였는데 쥐뿔도 모른 채 자존자대하는 모습이 꼴불견이라고 여겼다.

지금 그가 선보이고 있는 건 모두 혈마에게서 나온 공부였다.

이한열이 할 수 있는 걸 혈마가 못한다는 건 개가 풀 뜯어 먹을 헛소리일 뿐이었다.

혈마가 괜히 고금제일마가 아니다.

그는 인간으로 아무도 열지 못한 신기원을 계속해서 열어 가고 있었다. 인간이 상상만 하던 경지를 개척하여 현실에서 이룩해 낸다.

이한열의 행보는 혈마와 닮은 듯 조금은 다르다.

진사의 신분에서 강호에 발을 디딘 그는 학문을 토대로 무공의 힘을 쌓아 왔다. 문과 무를 합일하려고 노력하면서 문무의 세계를 확장시켜 나갔다.

문!

무!

한쪽 분야에만 집중해도 제대로 된 성과를 내기 힘들다.

놀랍게도 이한열은 문과 무가 서로를 발판삼아 빠르게 성장해 나가는 기염을 토해 내고 있었다. 그런 성장을 바탕으로 혈마가 보여 준 공부를 빠르게 습득해 냈다.

"설마! 혈마를 봤단 말이냐?"

정말로 놀란 형마초가 두 눈을 부릅떴다.

오랜 세월 강호에 모습을 드러내지 않은 혈마가 강호에 나타났다는 건 모든 강호인들에게 재앙이나 마찬가지였다. 그리고 형마초와 같은 초강자들에게는 더욱 두려운 소식이었다.

"상상에 맡길게."

"놈! 나를 능멸하는 것이냐?"

"언제 능멸을 했는지 모르겠는걸."

이한열이 구태여 혈마와의 만남을 형마초에게 이야기해 줄 필요를 느끼지 못했다. 그러면서 능글맞게 상대의 심기를 툭툭 건드리고 있었다. 상대가 약하든 강하든 심기를 불쾌하게 만들었다.

형마초의 얼굴이 붉어졌다.

마교의 삼태상 가운데 한 명인 지태상인 형마초가 언제 이처럼 개무시를 당해 봤던가! 마교의 교주인 천마 장이세도 무위를 떠나서 대원로인 형마초에게는 반존대를 하고 있었다.

그렇지만 이한열이 마교의 대원로인 형마초를 우대해 줄 이유는 어디에도 없었다.

배교와 혈마교의 교주인 이한열이 고개를 높여서 바라봐

야 할 존재는 단연코 딱 한 명일 뿐이었다.

혈마!

고금제일마 혈마를 제외한다면 이한열보다 강호에서 배분이 높은 무림인은 없었다. 서로 어깨를 나란히 하는 마교주와 구파일방의 수장 같은 자들만 극소수 있을 뿐이었다.

"놈! 천마군림보가 나의 전부는 아니다."

"그렇겠지. 그런데 나는 아직 보여 준 것이 없네."

휘익! 휙!

이한열이 아무것도 해 보지 못했다는 의미에서 손을 가볍게 털었다. 천마군림보에 공격당하면서도 딱히 대처를 하지 않았다. 손을 쓰지 않아도 막을 수 있을 정도로 가벼운 공격이었다는 의미였다.

부르르! 부르르!

지독한 치욕감을 느낀 형마초의 턱이 흔들렸다.

"살인마벽이라고 불리는 나의 진면모를 보여 주마."

"기대하지."

이한열이 진심으로 고대했다.

바라보고 경험하는 모든 걸 불가사의할 정도로 빨아들이는 이한열이었다.

살인마벽은 마교가 자랑하는 십대절학 가운데 하나였다.

마교는 천 년 전의 초대 교주인 천마의 육대절예들에 필적하거나 뛰어넘는 마공을 만들어 냈다. 그런 놀라운 마공들 가운데 열 개가 바로 십대절학이었다. 십대절학 가운데 세 개는 교주만이 익힐 수 있는 비전절학이고, 남은 칠대절학은 능력만 있으면 누구나 익히는 것이 가능했다.

마교의 중원 침략 당시 처음으로 등장한 살인마벽 앞에서 당시 백도제일인이었던 소림사의 방장이 제대로 대응을 하지 못하고 그대로 육편이 되어서 터져 나갔다.

엄청난 위력을 가진 살인마벽은 익히기가 극도로 까다로운 무공이다. 그런 무공을 극성까지 익힌 자가 바로 형마초였다. 그렇기에 별호 자체가 살인마벽이 될 수 있었다.

형마초가 마교의 지태상에 오를 수 있게 만들어 준 것이 바로 살인마벽 무공이었다.

'살인마벽에는 어떤 공부들이 녹아들어 있을까?'

이한열의 두 눈이 횃불처럼 빛났다.

매순간 공부하고 있는 이한열은 자신만의 진한 향기를 드러내는 학사이자 무인이 되어 가고 있었다. 그리고 원하는 대로 자신만의 향기를 드러냈다.

자신이 누리고 있는 모든 걸 누구보다 사랑하는 이기적인 이한열은 스스로 도취돼 머물러 있는 고인 물이 아니다. 정체되지 않고 오랜 시간 성장하고 있는 데에는 다 이유가 있다.

"살인마벽!"

형마초가 단번에 살인마벽의 최후절초를 펼쳐 냈다.

쩌저적! 쩌저저적!

쩌저적! 쩌저저적!

허공에 붉은 거미줄이 죽죽 그어지는가 싶더니, 이내 거대한 붉은 벽을 만들어 버렸다. 응축된 강기의 기운들과 함께 붉은 벽이 거칠게 숨을 내쉬었다. 사이하게 꿈틀거리고 있는 살인마벽은 그 자체로 살아 있었다.

파아앗! 파아앗!

팟! 파아앗!

살인마벽의 벽에서 붉은 구슬들이 튀어나오는 동시에 광채를 뿜어냈다. 시간적으로나 공간적으로 천지의 조화를 이루고 있었다.

"천체의 움직임이 붉은 벽 안에 녹아들어 있구나!"

살인마벽은 단순히 인간의 힘으로 뿜어내는 무공이 아닌 하늘의 별과 달의 기운을 받아 펼치는 자연지학이었다. 그렇기에 인간의 힘으로는 감히 감당할 수 없는 광세지학이었다.

그러나 그것이 절대적인 것은 아니다.

사람에 따라 자연지학을 뛰어넘을 수가 있다.

이한열은 공간의 제약을 받지 않고 시간의 한계를 무시하면서 살아가는 한 명의 사람을 알고 있었다. 스스로 운명을 개척해 나가는 위대한 고금제일마의 행보에서 참으로 많은 걸 배웠다.

가르침은 말에 깃들어 있고 도는 사물에 깃들어 있는 법이다. 학이란 가르침을 본받는 것이고, 덕이란 도를 체득하는 것이다.

옛 성인들의 글에 가르침과 도가 모두 깃들어 있다.

이한열을 박살 내려고 하고 있는 살인마벽에도 가르침과 도가 잔뜩 넘쳐 났다.

콰아아아! 콰아아아!

쿠콰콰콰콰콰콰콰!

해일처럼 밀려오는 살인마벽은 어디에도 빠져나갈 공간이 보이지 않았다. 그러나 엄청난 물을 담고 있는 해일이라고 해도 세상의 모든 곳을 점할 수는 없는 법이다.

이한열은 바람이 빠져나갈 공간만 있어도 언제 어디서나 편안하고 아늑하게 있을 수 있었다.

사물을 관찰하고 판단하는 안목이 무척이나 놀라웠기에 실시간으로 살인마벽을 보고서 지극한 깨달음을 얻어 냈다.

저벅! 저벅!

이한열이 가볍게 걸으면서 광폭하고 무시무시한 붉은 살인마벽을 빠져나갔다.

분명히 물 샐 틈 하나 없는 살인마벽이었다.

지금 이한열은 시간과 공간적인 제약에서 벗어났다.

가볍게 걷는 걸음이 축지를 할 수 있는 경지에 이르렀고, 같은 장소에 있으면서도 다른 곳에 위치한 것과 같은 수준이었다.

"어떻게?"

일생일대의 힘을 모조리 토해 내어 숨을 들썩거리고 있는 형마초의 눈이 찢어질 것처럼 커졌다. 완벽하다고 여길 수 있는 살인마벽이 허무하게도 이한열의 뒤쪽으로 사라져 버렸다.

아무리 강한 공격이라고 해도 적을 맞히지 못하면 아무 소용없었다.

형마초가 무식하게 힘자랑만 한 셈이었다.

"시간을 달려 공간을 뛰어넘으면 되는 일이지."

이한열이 가볍게 말했다.

"헛소리!"

"진실을 이야기해도 듣지 않으면 그만일 뿐."

"궤변이다."

슥!

공간을 격하고 이한열이 가볍게 손을 내리그었다.

서걱!

툭!

절삭음과 함께 형마초의 오른팔이 땅바닥에 떨어졌다.

푸화확!

붉은 피분수가 쏟아졌다.

"크윽!"

비명을 토한 형마초가 지혈을 하려고 좌수를 움직이려고
했다.

슥!

이한열이 재차 손을 들어 올렸다.

그 광경을 본 형마초가 황급히 천마군림보를 밟으면서 뒤
로 물러나려고 했다. 천마군림보를 따라 움직이면서 매순간
방위를 바꾸었다.

팟! 팟!

파앗! 팟!

형마초의 신형이 곳곳에서 모습을 드러냈다.

좌우 위아래 모든 공간에 각각 아홉 번의 변화가 이어지면
서 모두 팔십일 개의 신형이 나타났다. 그 신형들이 저마다
마교의 절학들을 뿜어내려고 하였다.

"살인마벽 하나만도 못 하군."

팔십일 개 신형들의 합공을 보고 있는 이한열이 형마초의
공격을 단칼에 평가 절하했다. 화려하지만 실속이 없는 공격
이라는 걸 알아차렸다.

하수들에게는 변화무쌍한 공격이 잘 통하겠지만 상수에는

일 초로 집중한 공격보다 못했다.

"더 볼 것이 없어."

이한열이 들어 올린 우수를 매정하게 내리그었다.

서걱!

절삭음이 이어지면서 형마초의 좌수까지 땅바닥으로 떨어져 내렸다.

"시간과 공간이 나에게 있으니 천마군림보의 변화는 아무 의미가 없다."

이한열의 눈에 형마초는 멈춰 있는 것이나 마찬가지로 보였다.

"살려다오!"

뒤로 물러나면서 형마초가 비굴하게 삶을 구걸했다.

두 팔을 잃어버렸지만 여전히 두 다리가 남아 있었기에 삶에 대한 애착이 강했다.

"불가!"

이한열이 단호하게 거부하면서 손을 수평으로 그었다.

서걱!

"크헉!"

형마초의 신형의 높이가 갑자기 낮아졌다.

그가 두 다리가 절단되면서 땅바닥을 거칠게 나뒹굴었다.

"으아아아아!"

졸지에 사지를 모두 잃어버린 형마초의 입에서 절망스러운 신음이 튀어나왔다.

"사부의 원수를 갚겠다."

"누가 네 사부냐?"

"사갈철왕 여관숙!"

"그에게 너 같은 제자가 있다는 말은 들어 본 적이 없다. 사갈철왕은 단 한 명의 제자도 키우지 않았어!"

형마초가 입에 피거품을 물어 가면서 외쳤다.

사실 그의 입장에서는 무척 억울한 일이었다.

마교는 숙적이라고 할 수 있는 혈마교에 대한 정보를 끊임없이 수집하고 있었고, 사갈철왕 여관숙에 대한 정보도 잘 알고 있었다.

형마초는 힘 대 힘으로 순수하게 붙어 여관숙을 쓰러뜨렸다.

"그건 상관없어. 내가 마음속의 사부님으로 여기고 있으니까."

이한열이 말했다.

강호는 은원이 중첩된 곳!

은원이 언제 시작되어 어디로 흘러가는지 당사자가 아니면 모르기에 강호인들은 함부로 타인의 일에 끼어들지 않는다.

이한열의 입장에서 형마초는 사부의 원수였다.

힘 대 힘으로 순수하게 붙어 형마초가 여관숙을 죽였듯 이한열도 마찬가지였다.

강자지존!

약하면 죽는 것이 당연했다.

"웃기는 소리!"

"후후후! 내가 당신을 납득시켜야 할 이유는 없지. 잘 가."

이한열이 끝까지 달라붙어 트집 잡으려고 하는 형마초의 수급을 잘라 냈다.

서걱!

수급이 붕 떠올랐다가 바닥으로 떨어졌다.

마교의 삼태상 가운데 한 명치고는 참으로 허무한 최후였다.

그만큼 이한열의 무력이 엄청나다는 반증이었다.

"사부님! 원수를 갚았어요. 이제부터는 하늘에서 편하게 지내세요."

이한열이 푸른 하늘을 바라보면서 이야기했다.

갸웃!

그가 고개를 우측으로 꺾으면서 묘한 표정을 지었다.

엄청난 위압감을 뿌리던 형마초를 죽이고 난 뒤 참으로 이상하고 사소한 것에 사로잡혀 고민하고 있었다.

"하늘이 아닌 저승에 있을 수도 있겠어. 사부는 너무 많은 사람을 죽였잖아. 땅을 바라보면서 이야기해야 하나?"

이한열은 뜬금없이 여관숙이 극락과 지옥, 둘 중 어느 곳에 있을지가 궁금했다. 사실 여관숙이 어디에 있는지 상관하지 않았다.

피식!

그가 천진난만하게 웃었다.

급격하게 무위가 성장하면서 이한열의 상식과 비상식의 경계가 허물어지고 있었다. 인간들이 평범하게 생각하던 상식들이 비상식이 되기도 했고, 비상식이 상식으로 탈바꿈한 경우도 많았다.

예전이었다면 사람의 목숨을 빼앗는데 무수히 많은 고민을 했으리라!

그런데 지금은 밭에서 참외를 따는 것처럼 쉽게 툭툭 해버렸다.

이한열은 악이라고 세상 사람들이 손가락질하며 지탄하는 일도 당당하게 할 마음의 준비가 되어 있었다. 사마외도들과 가까이 지내고, 또 혈마를 접하면서 맑고 깨끗하던 마음이 오염됐다.

근묵자흑!

이한열의 마음이 점점 검게 물들어 가고 있었다.

그의 내부에서는 광기가 꿈틀거렸다.

급격한 성장을 정신이 미처 따라가지 못해 발생한 현상이었다. 보통의 경우는 정신의 성숙과 함께 성장이 이뤄지기 마련이었다.

그러나 이한열은 혈마와의 만남에서 눈 깜짝할 사이 눈부시게 발전했다. 그 때문에 정신과 성장 사이에서 괴리감이 발생하고 말았다.

그렇지 않아도 불안전한 부분이 있는 이한열의 몸과 마음에 또 다른 폭탄이 심어졌다.

第六章

이대 천마
장이세

進士武林

하늘 아래 가장 높다는 천산!

칼날처럼 하늘을 향해 찌르고 있는 수많은 봉우리들 가운데 가장 높고 험준한 봉우리가 있었다. 너무 높은 나머지 구름이 봉우리의 허리에 걸려 있고, 가장 높은 위치에서는 공기가 희박하여 숨을 쉬기도 버거울 정도였다.

봉우리의 최정상은 만년설이 뒤덮여 있어 사람의 접근을 쉽게 허용하지 않는 장소였다. 사시사철 뼛속까지 시리게 만드는 강한 냉풍이 끊이지 않고 불어닥쳤다.

해가 지면서 하늘에는 붉은 노을이 지기 시작했다.

온통 불타오르는 배경을 뒤로한 새하얀 설경의 봉우리가

반짝거렸다.

휘이잉! 휘이잉!

바람이 불 때마다 사람의 발길이 닿지 않은 새하얀 눈들이 흩날렸다. 사방으로 날아다니는 눈발들이 장애물에 부딪쳐서 사방으로 흩어졌다.

그런데 자연스러워야 할 봉우리의 일부가 칼로 그은 것처럼 싹둑 잘려 나가 있었다. 대자연의 일부인 거대한 봉우리를, 상상할 수 없는 엄청난 거력이 날려 버린 것이었다.

"여기가 바로 고금제일마 혈마와 마교의 초대 교주인 천마와 격돌했던 장소이군."

이한열이 봉우리를 차분하게 살펴보면서 중얼거렸다.

그의 말처럼 천산에서 가장 높았던 봉우리는 고금제일마와 고금제이마의 격돌로 인해 엄청난 시련을 겪어야만 했다. 태초의 모습을 잃어버리는 지독한 참변을 치렀다. 오랜 세월이 지나면서 그 당시 참변의 흔적은 많이 사라졌지만 아직까지 군데군데 남아 있었다.

이한열의 예리한 시선이 뒤덮인 만년설을 뚫고 그때의 격돌의 흔적을 자세하게 훑었다. 살펴보는 자체만으로도 많은 공부가 되었기 때문이었다.

"그렇다. 바로 이곳이 초대 교주인 천마께서 혈마에게 패배한 장소이지."

검은 피풍의를 걸친 중년사내의 묵직한 음성이 장내에 흘렀다.

마교의 이십칠대 교주이자 제이대 천마인 장이세의 등장이었다. 오롯이 서 있는 그는 자연과 하나로 동화되어 있었다.

"너에게서 혈마의 향기가 나고 있구나."

장이세가 이한열에게서 혈마의 광기를 눈치챘다.

빙그레!

이한열의 입가에 미소가 떠올랐다.

초강자를 만났다는 사실에 몸과 마음이 절로 흥분하고 있었다.

"티가 났소이까?"

"너무 진해서 모를 수가 없지. 혈마를 만났나?"

"얼마 전에 만나 약간의 가르침을 받았소이다."

"혈마는 역시 괴물 같은 자이군. 초대 교주인 천마께서 사라지신 지 벌써 사백 년의 세월이 흘렀거늘 아직도 살아 있구나."

"혈마는 너무나도 정정하오. 만나자마자 떨려서 혼났소이다."

"과연 고금제일마답군. 그렇지만 제이대 천마인 나는 혈마를 넘어서야 한다."

장이세의 몸이 진동을 일으켰다.

전율이다.

고금제일마를 넘어서고야 말겠다는 의지의 표현이기도 했다.

역대로 마교의 모든 교주들은 고금제일마 혈마를 제일의 적으로 여기고 있었다. 마교가 강대한 힘을 가지고 있으면서도 중원을 침략하지 않은 가장 큰 이유가 바로 여기에 있었다.

장이세는 고금제일마 혈마를 뛰어넘어 고금제일인으로 우뚝 서려 했다.

"불가능한 이야기요."

이한열이 확언했다.

"어떻게 확신하지?"

"나를 이기지 못하는데 혈마를 넘는다는 건 불가능한 일이니까."

혈마는 인간의 한계를 훌쩍 뛰어넘어 신의 영역에 다가서 있었다. 인간으로서 신의 힘을 발휘하는 괴물이었다. 한마디로 인간계에서 신계의 힘으로 홀로 활보하는 독보적인 인간이었다.

이한열이 볼 때 장이세가 개세적인 힘을 가지고 있는 건 틀림없었지만 여전히 인간에 머물러 있었다.

"너는 지금의 말을 증명해야 할 것이다. 그렇지 못하면 죽을 테니까."

장이세의 두 눈에 서늘한 기운이 흘렀다.

장내의 기온을 더욱 차갑게 떨어뜨리는 살기였다.

"내가 내뱉은 말을 증명하는 것이 뭐가 어렵겠소? 그리고 내 말을 증명하더라도 제이대 천마인 당신은 삶을 유지할 수 있을 것이오."

이한열의 말투는 무척이나 담담한 가운데 자신감이 넘쳤다.

이한열이 승리할 경우에도 장이세의 삶을 보장해 줬다. 마교의 움직임에 대한 협조를 공고히 하는 데 있어 장이세의 존재가 필요하다고 판단했다.

찌릿!

장이세의 미간이 찌푸려졌다.

이한열의 자신감이 묘하게 신경을 거슬렸기 때문이었다. 그건 말도 되지 않은 자신감이라고 보다 확신을 하고 있기 때문에 나오는 것이었다.

'혈마를 만나기 전이었다면 나의 패배였다.'

이한열이 장이세를 바라보면서 미래를 살피고 있었다.

만약 혈마를 만나지 못했다면 승리를 확신할 수 없기에 장이세와의 대결을 뒤로 미뤘을 것이다. 여러 가지 경우를 따져 봐서 이길 수 있다고 판단했기에 도전장을 던졌다.

그리고 그런 판단이 틀리지 않았다는 사실을 이한열이 알았다.

장이세는 혈마를 만나기 전의 이한열의 경지를 한참 상회하고 있었다. 태어났을 때부터 벌모세수를 받았고, 걸음을 걷기 시작하면서 마교의 절학들을 미친 듯이 연마했다. 마교의 모든 총화를 한 몸에 지니고 있다고 해도 과언이 아니었다.

'나의 승리다.'

분명 거의 비슷한 경지에 이르러 있지만 장이세를 이길 수 있었다. 이 사실을 말로 표현하기 애매하지만 이한열은 분명히 알 수 있었다. 고금제일마 혈마를 보았기 때문에 장이세와의 대결에서 승리를 확신할 수 있었다.

저벅!

장이세가 우직하게 한 걸음 걸었다.

획!

그의 한 걸음에 지면이 지진이라도 일어난 듯 마구 출렁거렸다. 바다의 수면 위에 일어나는 높은 파도가 되어 이한열을 향해 쭉 밀려왔다. 그 속도가 눈부시게 빨랐다.

엄청난 양의 흙더미가 이한열을 덮쳐 왔다.

후우우우웅!

휘이이이이이이잉!

마치 용의 울음소리와 비슷하다고 할까?

아니다.

풍음이 울었다.

이한열의 몸 전체에서 신비로운 바람 소리가 울렸다.

파라락! 파라락!

머리카락과 옷자락이 마구 펄럭였다.

촤아아아악!

흙더미가 이한열을 중심으로 해서 양쪽으로 쫙 갈라졌다.

기적과도 같은 광경이었다.

이한열이 서 있던 그 자세 그대로 오롯이 서 있었다.

흡사 공격이 없었던 것처럼 여유로운 모습이었다.

저벅! 저벅!

온몸으로 파고드는 청량한 바람의 기운 앞에서 천마군림보를 절정으로 운용하면서 걷고 있는 장이세의 안색이 가볍게 굳어졌다.

만물을 만드는 원기이자, 신비롭고 불가사의한 운기인 신기였다.

단 한 번도 대면하지 못했지만 이런 기운을 풍기는 유일한 자를 장이세는 알고 있었다.

"혈마에게서 가르침을 받았다고 하더니, 재미있군."

이한열을 응시하는 그의 눈빛이 뜨겁게 타올랐다.

애당초 혈마는 그가 뛰어넘으려고 하는 존재!

그가 혈마에게서 가르침을 받은 이한열을 무너뜨리고 뭉개기 위한 힘과 투기를 마구 발산했다.

콰아아아아! 콰아아아아!

팔마사천모공에서 뿜어져 나오는 무지막지한 기세에 의해서 흙먼지와 눈보라가 자욱하게 피어났다.

힘을 바탕으로 한 패도다.

가로막는 모든 걸 그냥 짓누르고 찢으면서 군림하겠다는 기백이다. 원시 무림 이후 강자지존을 가장 잘 실천하고 있는 마교 교주다운 위엄을 장이세가 보이고 있다.

"더욱 재미있게 해 줄 자신이 있소이다."

자연스러움을 더욱 증폭시키고 있는 이한열은 자신감이 넘쳤다. 혈마를 만나고 난 뒤 새로운 경지를 이룩하였고 그것은 계속해서 진행 중이었다. 그리고 장이세와 싸우면서도 무시무시한 속도로 강해지고 있었다.

쿠웅!

장이세의 발걸음 소리가 묵직하게 울렸다.

찌이익!

대지를 비롯한 공간이 쩍 하고 갈라졌다.

천마군림보의 최후 절초인 군림멸절보였다.

군림을 위한 발걸음 앞에서 모든 만물이 멸절된다는 군림멸절보는 초대 교주인 천마 이후 어느 누구도 이룩하지 못한 전설과 신비를 간직하고 있는 공부였다.

시공간을 무너뜨리는 군림멸절보의 공부가 지금 이한열의 앞에서 모습을 드러냈다.

콰르르릉! 콰르르릉!

천번지복의 굉음과 함께 이한열이 서 있는 공간이 무너지고 있었다. 금방이라도 공간 안으로 빨려 들어갈 것처럼 위태로웠다.

"시간과 함께 공간을 무너뜨린다! 참으로 좋은 공부군. 그렇다면 이런 건 어떻소?"

팟!

이한열이 가볍게 옆으로 한 걸음을 내디뎠다.

휘익!

그가 억압하려는 시간을 부드럽게 내치면서 무너지는 공간을 뛰어넘어 단단한 대지 위에 두 발을 딛고 섰다.

단순한 걸음걸이처럼 보이지만 시간을 뛰어넘어 공간을 달린 이른바 축지술이었다. 군림멸절보와 비슷하면서도 약간은 다른 공부였다. 산에 수많은 봉우리들이 있는 것처럼 축지술은 여러 가지 공부로 나뉜다.

"시간을 달려 공간을 뛰어넘었군."

장이세가 군림멸절보에서 벗어난 이한열의 수를 단숨에 알아차렸다.

무적이라고 알려진 군림멸절보라도 시간과 공간의 묘리를 깨달은 이한열을 어떻게 할 수는 없었다.

"그렇지! 이 정도에 무너지면 재미없지."

장이세의 몸에서 종전의 두 배에 가까운 기운이 폭사됐다. 강렬해져 가는 기운의 끝이 어디인지 모를 정도로 점점 커져 갔다.

강하게 짓눌러 오는 기운을 맞으면서도 이한열은 환하게 웃었다. 이처럼 강렬한 충만감은 실로 오랜만에 느끼고 있기에 호승지심이 더욱 강렬해져 갔다.

두근! 두근!

심장이 요란하게 뛰면서 강한 호적수와의 대결을 즐겼다.

씨익!

장이세가 이한열을 보면서 웃었다.

마교에서 절대적인 존재인 장이세는 사실 고독했다.

천하에 나서지 않고 마교에 웅크리고 있는 그는 가지고 있는 힘을 모두 발휘하지 못하고 항상 부족함을 느꼈다. 그런데 지금 이한열을 상대로 가지고 있는 모든 걸 토해 낼 수 있었다. 무인으로서 피가 들끓어 오를 수밖에 없었다.

절대 부족함이 없는 상대를 눈앞에 둔 철혈의 무인 장이세는 행복하다. 그리고 마주 웃고 있는 이한열도 행복했다.

이한열은 장이세를 통해 마교의 절학들을 깨우치고 있었고, 또 이길 수 있다는 진실 때문에 더욱 즐거웠다. 철저하게 승리할 수 없다면 될 수 있는 한 싸우지 않았다.

두 사내가 모두 웃고 있었지만 그 의미는 약간 달랐다.

"나오너라! 천마검!"

장이세가 천마검을 불러냈다.

초대 교주인 천마의 힘이 깃들어 있는 칠흑처럼 검은 천마검이 장이세의 오른손 장심을 통해 밖으로 튀어나왔다.

몸에 깃들어 있던 천마검은 장이세와 영혼이 통하는 영검이었고, 완전히 일심동체가 되어 장이세와 구분이 되지를 않았다.

우우웅! 우우웅!

천마검이 울음을 토해 냈다.

진득한 마기가 불이라도 난 것처럼 사방으로 마구 넘실거리면서 튀어나왔다. 검은 화염들이 천지를 할퀴어 버리려고 날뛰었다.

"좋은 검이로군. 그것에 부족하지 않은 신물이 나에게 있소이다."

이한열의 말과 함께 정수리를 통해 천인혈골이 삐죽 튀어나왔다.

우우우웅! 우우우웅!

천인혈골이 울부짖었다.

그와 동시에 이한열의 몸에서도 거창한 울음소리가 나면서 천인혈골의 용음에 화답하였다. 울부짖고 있는 혈혼피와 마혈목이 천인혈골에 힘을 실어 줬다.

배교의 신물들은 각각 나뉘어져 있는 동시에 하나로 연결할 수도 있었다. 곧게 직선인 직렬로 연결될 때는 단시간에 가공할 힘을 뿜어낼 수 있었고, 나란히 배치되는 병렬로 연결되면 장시간에 걸쳐서 운용이 가능했다.

웅웅웅웅웅웅!

천인혈골이 기분 좋은 떨림을 이한열에게 안겨 줬다.

천인혈골 하나만으로는 천고의 마병인 천마검에 필적할 수 없었기에 이한열이 배교의 신물 세 개를 직렬로 연결하여 운용하고 있었다. 피부를 통해 전해지고 있는 천마검의 전투력과 영력을 빠른 속도로 파악했다.

요검인 모산천검도 있었지만 천마검에 비해서는 부족하였다.

"그대는 배교의 후인이구나!"

장이세가 이한열의 진정한 정체를 알아차렸다.

혈마교와 함께 배교를 공격하여 멸문에 가까운 타격을 입혔던 곳이 바로 마교였다. 당시에 마교는 배교에서 엄청난 전리품들을 챙겨 왔다. 배교의 전리품들이 마교의 발전에 지대한 공헌을 했다.

그렇기에 마교의 교주인 장이세가 천인혈골에 대해서 단숨에 알아차릴 수 있었다.

"내가 바로 배교의 교주요."

"음! 그대는 배교의 복수를 할 생각인가?"

장이세의 얼굴 표정이 심각해졌다.

사실 그는 이한열과 승패를 겨루고 지게 될 경우 목숨까지 쉽게 내던질 수 있었다. 그러나 이한열이 배교의 후인이라면 이야기가 다르다고 생각했다.

이한열과 그의 비무가 단순히 개인적인 일에 머무는 것이 아니라 마교 전체의 일이 되기 때문이었다. 만약에 이한열이 승리할 경우 과거 배교에 있었던 일에 대한 복수를 꺼내 들면 이야기가 복잡해진다. 그렇게 되면 마교의 원로들을 동원해서라도 이한열을 처단해야 했다.

"과거의 일에 대한 복수가 무슨 의미가 있겠소?"

이한열은 배교를 공격했던 마교에 대해 별다른 복수심을 가지고 있지 않았다. 애당초 배교도가 아니었기 때문이기도 했고, 복수에 목을 맬 이유도 전혀 없었다.

"믿겠다."

장이세는 비록 적이지만 이한열의 말이 진실이라는 걸 알아차렸다.

그렇기에 마교의 괴물 같은 원로들을 소환할 수 있는 신호를 보내지 않기로 작정했다. 순수하게 무인으로서 이한열과의 자웅을 결하기로 마음먹었다.

"믿으시오. 믿는 자에게 복이 가는 법이라오."

이한열이 장이세에게 믿음을 듬뿍 줬다.

언제부터인가 그는 가능한 말과 행동이 일치할 수 있도록 행동하기 시작했다. 신성을 가지게 된 이후로 언행일치를 하지 않으면 몸의 기운이 은연중에 흩어지는 경향이 있었기 때문이다.

슉!

장이세가 우수를 들어 이한열을 가리켰다.

파앗!

천마검이 상상을 초월하는 빛과 같은 속도로 폭사됐다.

천마검은 눈보다 빨랐다.

눈으로 인식한 순간 이미 천마검이 이한열의 심장 부근에 도착했다. 금방이라도 피를 탐하려고 검은 검신을 번뜩거렸다.

팟!

이한열의 심장에서 붉은빛이 솟구쳤다.

채앵!

천마검이 심장을 직격했는데 요란한 금속성 소리가 울렸다.

"금강불괴라고 해도 천마검에는 뚫려야 정상이거늘……."

장이세가 놀라움을 표했다.

천마검은 호신강기와 금강불괴를 파괴하는 데 있어 탁월한 능력을 지니고 있었다.

"혈혼피를 두르고 있소."

이한열의 피부 밑에는 혈혼피가 흐르고 있었다.

배교의 신물들은 서로 힘을 빌려줄 수 있었고, 지금은 혈혼피에 모든 힘이 집중되어 있는 상태였다. 그렇기에 천마검의 파괴력을 혈혼피가 능히 버텨 낼 수 있었다.

"배교의 신물이로군. 신물의 정체를 알았기에 뚫는 것은 문제가 없다."

장이세가 천마검에 더욱 큰 힘을 불어넣었다.

우우웅! 우우웅!

강렬한 기운을 머금은 천마검이 허공에서 호선을 그리면서 빛살처럼 움직였다. 방금 전의 혈혼피를 꿰뚫을 수 있는 거력이 실려 있었다.

장이세가 마교 최고의 절학이자 지존신공인 천마신공을 운용하고 있었다. 그의 등 뒤로 아수라의 상이 은은하게 비쳐졌다.

천마신공을 대성한 사람만이 만들어 낼 수 있는 아수라상이었다. 초대 교주 이후 누구도 만들어 내지 못한 아수라상을 지금 장이세가 내보였다.

지금 순간이야말로 장이세가 최강의 힘을 선보이고 있었다.

"전력을 높일 수 있는 건 당신만의 전유물이 아니라오."

이한열의 말과 함께 천인혈골과 혈혼피를 두른 몸에서 용음이 요란하게 울렸다. 두 미간 사이에서 마혈목이 살을 비집고 모습을 드러냈다.

우우우우웅! 우우우우웅!

카우우우웅! 카우우웅웅!

카카카카카카! 카카카카카카!

배교의 신물 세 개가 함께 세상에 나타났다.

신물도 신물이었지만 신성을 가지고 있는 이한열이 소유하고 있었기에 진정한 힘을 뿜어내는 것이 가능했다.

전력을 기울이고 있는 이한열이 다시 한 번 진화를 했다.

"가라!"

장이세가 다시 한 번 이한열의 심장을 노렸다.

스팟!

허공에서 호선을 그리면서 힘을 응축시키고 있던 천마검이 빛이 되어 작렬하였다. 하나의 검은 직선이 이한열의 심장까지 이어졌다.

쩌억!

공간이 검은 선에 의해 갈라졌다.

그 연장선상에 이한열의 심장이 놓여 있었다.

무지막지한 기운은 천마검이 닿기도 전에 이미 도달해 있었다. 천마신공의 힘이 투사된 천마검은 방금 전과 차원이 달랐다. 좀 전의 공격이 어린 여아의 앙증맞은 주먹질이었다면 지금 공격은 구척거한의 단련된 주먹질이었다.

슉!

이한열이 천인혈골을 가볍게 옆으로 그었다.

붉은 궤적이 검은 선을 마중 나갔다.

천인혈골과 천마검이 만들어 낸 선들이 부딪쳤다.

쿠웅!

콰아앙!

묵직한 울림과 함께 엄청난 폭음이 터졌다.

붉고 검은 기운들이 마구 넘실거리면서 서로를 무너뜨리려고 난리였다. 하지만 백중세였기 때문에 두 기운이 어느 한쪽도 우위를 차지하지 못했다.

우르릉! 우르릉!

두 신병이기의 격돌로 인해 발생한 충격으로 봉우리에 쌓여 있던 만년설들이 거대한 눈사태를 일으켰다.

치이익! 치이익!

아수라상을 후광처럼 뒤집어쓰고 있는 장이세의 몸을 덮친 눈사태가 순식간에 녹아서 물이 되었다. 자연의 힘을 담고 있는 눈사태도 장이세가 가진 가공할 거력을 견뎌 내지 못했다.

장이세가 패도의 힘을 내뿜으면서 자연의 힘까지 찍어 눌렀다.

파아앗!

맑은 용음과 풍음을 연신 토해 내고 있는 이한열을 덮친 눈사태가 마치 거대한 태산에 의해 가로막힌 것처럼 양쪽으로 피하며 갈라졌다.

이한열이 자연의 힘에 거스르지 않고 순응하면서 최대한의 이득을 보고 있었다.

장이세가 역천의 힘을 선택했고, 이한열이 순천의 도리를 따랐다. 취향에 따라 갈렸을 뿐이지 어느 쪽이 옳다 그르다를 판단할 수 없는 격돌이었다.

슥!

이한열이 장이세를 바라보았다.

스팟!

장이세의 두 눈에서 사생결단의 기운이 솟구쳤다.

"일초로 승부를 보자."

지금까지의 격돌을 통해 약간의 불리함을 인정한 장이세가 더 이상 승부를 길게 끌려고 하지 않았다. 강자를 상대로 오랜 시간 격돌하는 건 어리석은 짓이라는 걸 잘 알았다. 최강의 초식으로 승부를 결하기로 마음먹었다.

우우우우웅! 우우우웅!

천마신공을 극도로 운용하고 있는 장이세의 몸이 까맣게 변해 갔다. 칠흑처럼 검은 아수라상이 더욱 선명해졌다.

고오오오오오!

영검인 천마검이 덩치를 불리면서 여덟 개로 수를 늘렸고, 십여 장 크기까지 커진 아수라상의 여덟 손에 각각 하나씩 들렸다.

스르륵!

장이세의 신형이 아수라상으로 녹아들어 갔다.

아수라합일이었다.

신인 아수라의 강림이었다.

아수라의 두 눈에서 뿜어져 나오는 기운으로 인해 천지가 뒤흔들렸다. 인간의 한계를 뛰어넘은 신 아수라의 힘이 지금 발휘되고 있었다.

아수라합일은 마교에서 고금제일마 혈마와 대적하기 위해 만든 최강의 한 수였다. 오랜 세월 마교의 모든 총화가 녹아들어 있었다.

"인간의 한계를 뛰어넘어 아수라를 강림시키다니 대단하다. 정말로 아름답군."

이한열이 순수하게 감탄했다.

세상을 무너뜨릴 수 있는 아수라의 흉흉함을 눈앞에 두고 있으면서도 무척이나 흥미로워 했다. 장구한 세월 마교가 축적해 온 뛰어난 모든 공부가 바로 아수라합일에 녹아 있었다.

이한열이 아수라합일을 눈으로 보고 몸으로 느끼면서 마교의 공부로 풍족하게 채워 나갔다. 지금까지 모르고 있던 걸 배우면서 말로 표현할 수 없는 전율과 희열을 느꼈다.

남의 공부를 도둑질하는 데 천재적인 이한열이라고 해도 아수라합일의 모든 걸 알 수는 없었다. 마교의 공부에는 그만큼 독특하고 뛰어난 부분이 많았다.

모르는 부분이 존재하고 있기에 이한열이 오히려 기뻐했다. 알지 못하는 걸 알아 가는 즐거움을 알고 있었기 때문이었다.

그리고 그 즐거움에는 지금 모르는 걸 차후에 알아낼 수 있다는 자신감도 한몫을 했다.

"천마만리어검술!"

"천마혈우!"

"폭우천심!"

"유성산화!"

아수라의 여덟 개의 손이 일수유에 함께 검은 빛을 토해 냈다. 천마삼검을 비롯한 최강의 검공 팔초식이 펼쳐졌다.

마교의 역사는 굉장히 오래됐다.

오랜 역사의 기간 동안 교주를 넘어서는 괴물과도 같은 초인들도 많았었다. 교주를 비롯한 수많은 초인들이 천마의 절예들을 비롯하여 천하의 공부들을 연구하고 재정립시켰 다. 장구한 세월 동안 초인들의 땀과 노력이 깃들은 절예들 가운데 최강의 검공 여덟 가지가 지금 모습을 드러냈다.

파앗! 파앗!

콰콰콰콰콰!

쿠아아아! 쿠아아아아!

가로막는 모든 걸 멸할 수 있는 여덟 개의 검식이 팔방에 서 함께 휘몰아치며 사상을 이뤘고 양극으로 이어졌으며 태 극으로 귀원했다. 그리고 종국에는 혼돈의 파멸지력을 펼쳐 냈다.

광폭한 힘이 미친 듯이 날뛰면서 이한열을 향해 폭풍처럼 쏟아져 들어갔다.

씨익!

흉악하면서 살벌한 공세를 보며 이한열이 웃음을 멈추지 않았다. 분명히 무지막지한 혼돈의 파멸지력을 담고 있는 아수라상의 공격이었지만 무척이나 익숙한 느낌을 받았다.

'혈마보다는 부족한 공격이다.'

이한열이 여유롭게 웃을 수 있는 배경에는 혈마와의 만남과 가르침이 있었다.

만약 아수라상이 혼돈의 파멸지력이 아닌 변화무쌍한 수를 들고 나왔다면 오히려 이한열이 어려움을 겪었을 수도 있었다. 그러나 파멸지력에 있어서 단연코 독보적인 존재가 있었으니 바로 혈마였다.

장이세가 펼친 최후의 일초는 가공할 위력을 지니고 있었지만 이한열에게는 결코 위협이 되지 않았다. 한 번 경험했던 문제에 대한 해답을 찾는 데 있어 이한열은 선수였다.

"생각만 해 뒀었는데 이 수를 사용해 볼 수 있구나."

이한열은 혈마와 만났을 때를 상정해서 파멸지력을 상대할 수를 구상해 뒀다. 그 준비는 혈마가 아닌 마교 교주인 장이세를 만나 빛을 발했다.

휘이이이이! 휘이이이이잉!

이한열의 팔만사천모공이 올올이 깨어나면서 풍음을 흘려내기 시작했다. 수없이 많은 청명한 바람이 흐르고 흘러 거대한 자연지력을 만들어 냈다.

일개 인간의 몸에서 거대한 바람의 힘이 튀어나왔다. 모공 하나에서 흘러나온 바람의 힘은 약했지만 팔만사천모공이 모조리 더해지면서 기하급수적으로 늘어갔다.

휘이이이이잉! 휘이이이잉잉!

집약되고 응축된 바람의 힘은 배교의 힘이 모조리 집결된 천인혈골에 모여들었다.

파앗!

우우웅!

빛으로 둘러싸여 신기를 흘리는 천인혈골이 울부짖었다.

"신풍!"

이한열이 담담하게 말하면서 천인혈골을 앞으로 내밀었다.

팟!

천인혈골에서 흘러나온 작은 콩알과도 같은 신풍이 쇄도하는 파멸지력에 부딪치면서 가벼운 파문을 일으켰다.

투투툭! 투투툭!

가벼운 소리와 함께 가뭄으로 바짝 마른 논바닥처럼 파멸지력에 줄이 가기 시작했다. 사방으로 퍼져 나가는 줄이 점점 눈에 보일 정도로 선명해졌다.

쿠쿠쿠쿠! 쿠쿠쿠쿠쿠!

가공할 파멸지력이 갈라진 줄 사이로 줄줄 새어 나왔다. 신기를 담고 있는 바람, 신풍이 파멸지력에 연신 구멍을 냈다.

거대한 댐도 작은 구멍 하나에 무너지는 법이다.

신풍이 만든 구멍으로 인해 파멸지력은 거대한 힘을 견디지 못하고 스스로 자멸하고 있었다.

"크으윽!"

아수라상이 흐릿해지면서 그 사이로 피를 줄줄 흘리는 장이세가 모습을 드러냈다. 최후최강의 절초가 실패로 돌아가면서 심각한 내상을 입었다.

"혈마에게 배운 초식인가?"

"내가 창안하여 신풍이라고 명명했소이다."

"신의 바람이라! 이름에 어울리는 멋진 위력이 담긴 초식이다."

장이세가 고개를 끄덕거렸다.

아수라합일이면 천하무적일 줄 알았지만 이한열의 신풍에 허무할 정도로 쉽게 무너졌다. 격이 다른 신풍의 위력 앞에서 부족함을 시원하게 인정했다.

"졌다. 마음대로 해라."

툭!

장이세가 가부좌를 취하고 앉으면서 가만히 눈을 감았다. 목숨을 빼앗는다고 해도 아무런 저항을 하지 않겠다는 의사 표현이었다.

패자는 강자의 처분에 따른다.

강자지존의 세계에서 살아가는 장이세가 이한열에게 모든 걸 맡겼다.

"강호일통에 있어 마교의 협조를 부탁드리오."

"중원을 침략하라는 것이냐?"

장이세가 탐탁지 않은 반응을 드러냈다.

마교의 교주로 있지만 그는 평화주의자였다.

강호 침략을 도모할 생각이 있었으면 오래전에 만리장성을 넘었다.

"그럴 수도 있겠지만 우선은 대화로 해결했으면 하는 바람이오."

"대화라고?"

"그렇소. 싸우지 않고 강호일통을 할 수 있으면 금상첨화 아니겠소?"

"제대로 된 이야기를 부탁한다."

"중원 무림은 배교, 혈마교, 마교, 정총, 집마성이 지배하고 있다고 해도 과언이 아니오."

"맞다."

"현재 배교와 혈마교는 나의 수중에 있소, 여기에 마교가 더해진다면 중원 무림의 판도를 움직일 수가 있소이다."

"틀린 말은 아니지."

"여기에 정총과 집마성이 함께한다면 어떻게 되겠소?"

"정총과 집마성이 함께할 리가 없다."

장이세가 불신을 드러냈다.

다섯 단체들은 이질적이라 물과 기름처럼 서로 섞이지 않는다. 하나로 함께 묶으려고 하다가는 사달이 벌어질 수밖에 없는 구조였다.

"내게 비책이 있소. 정총과 집마성 문제는 나에게 맡겨 주시오."

이한열의 자신감 넘치는 말에는 묘한 신뢰감이 깃들어 있었다.

"네 말대로만 된다면 협조하겠다."

마교에 피해가 발생하는 일이 아니었기에 장이세가 협조를 약속했다.

"고맙소."

이한열이 싱긋 웃었다.

"협조의 대가라고 하기는 그렇지만 차후에 재차 대결할 수 있는 기회를 줬으면 좋겠다."

하늘 아래 치열하게 치고받을 수 있는 적이 있다는 기쁨을 오늘 처음으로 알게 된 장이세였다. 아수라합일을 깬 신풍에 대한 해결책을 찾아 재차 도전하려고 했다.

"알겠소."

아수라합일을 또다시 보고 싶었기에 이한열이 기쁜 마음

148 진사무림

으로 승낙했다.

　이대 천마 장이세를 이긴 이한열이 마교의 협조를 약속받았다. 이로 인해 강호일통이 한 걸음 앞으로 다가왔다.

第七章

정종

　이한열이 정총의 북문에 도착했을 때는 이미 많은 사람들이 줄을 서고 있었다.

　정총이 흔들리고 있지만 여전히 강호 무림에서 가장 큰 영향력을 미쳤다. 영역 다툼과 사업권 등 이해가 맞물려 있는 사람들이 몰려들 수밖에 없었다. 그리고 엄청난 인원들이 상주하고 있는 정총은 그 자체로 하나의 도시나 마찬가지였다.

　도검을 휴대하고 있는 경비 무사들의 눈에서 정광이 흘러나왔다. 가슴에 정총이라고 새겨진 깔끔하고 세련된 무복을 걸친 그들의 기세가 예사롭지 않았다.

　과연 정총이었다.

경비 무사만 해도 최소한 일류의 솜씨를 가지고 있었다. 백도 특유의 정갈한 기세를 흘리면서 정총으로 들어가는 사람들을 맞이했다.

정총의 경비는 예전에 비해 엄중해졌다.

사마외도들이 준동하면서 경비가 강해진 건 당연한 수순이었다.

정총의 총단은 피해를 입지 않았지만 지부들과 소속문파들은 사마외도들에게 공격을 받고 있었다.

방문하는 사람들은 여전히 많은 상태에서, 검문검색이 강화되었기에 줄이 줄어드는 속도가 무척 느렸다. 정총에서는 경비 무사들을 더욱 늘렸지만 방문하는 사람들의 불편이 쉽게 줄어들지 않았다.

저벅! 저벅!

이한열은 기다리지 않고 앞으로 나섰다.

"이보시오! 새치기 하지 말고 줄을 서시오."

허름한 무복을 걸치고 있는 한 중년 사내가 이한열에게 말을 걸었다. 옷차림은 깔끔했지만 평범해 보이는 이한열이 경계 무사들에게 곤경을 당할 수도 있다고 여겼기 때문이었다.

"어떤 일로 오셨습니까?"

정광을 뿌리고 있는 훤칠한 사내가 이한열을 정중하게 맞이했다.

"조정에서 문화전대학사 직을 역임하고 있는 이한열 진사라고 하오. 수뇌부와 협의할 일이 있어 정총을 방문하게 되었소."

이한열의 말과 행동에는 대인의 위엄이 서려 있었다.

조정에서 고관대작으로 보내면서 얻은 분위기에 배교와 혈마교의 교주로서 얻은 기세가 더해지면서 무척이나 자연스러웠다. 태어날 때부터 고귀한 혈통을 타고난 자들이 가질 수 있는 자연스러운 제왕의 기운이기도 했다.

"이미 이야기를 들었습니다. 모시겠습니다."

사내가 고개를 깊숙하게 숙였다.

조정의 고관대작이자 강호 무림에서 절대적인 무력을 뽐내고 있는 이한열을 정체를 알게 된 경비 무사들이 일제히 존경을 표하면서 대했다.

이한열의 정총 방문은 이미 통보가 되어 있었고, 정총의 수뇌부와 얘기가 끝난 상황이었다.

신분을 밝히고 난 뒤, 이한열은 아무런 제지 없이 정총 총사의 집무실로 안내를 받았다.

조정 대표로 온 고관대작 이한열을 직접 맞이할 사람은 바로 새롭게 정총의 총사에 오른 곤륜파의 태허도선 허무영이었다.

정총은 수많은 백도의 집단과 무인들이 모여서 만든 단체이다. 사마외도들의 준동과 함께 내부적인 모순 때문에 크게 흔들리고 있는 정총이 갈등으로 들끓기 시작했다.

사마외도들의 세력이 점점 늘어나고 있는 반면 정총이 차지하고 있던 구역은 점차 줄어들어 갔다.

전임 총사였던 천강매화 장호경이 정총의 혼란과 개인적인 비리 등 모든 책임을 지고 자리에서 물러났다. 동시에 비리를 저지른 수뇌부들이 자의 반 타의 반으로 사퇴했다.

비어 있는 자리를 차지하기 위한 경쟁은 무척 치열했다.

우여곡절을 겪고 새로운 총사 태허도선 허무영이 올라왔지만 정총의 분위기를 휘어잡는 데는 많은 어려움이 산적해 있었다.

여전히 수많은 백도의 무림문파들이 정총에 소속되어 있었다. 그러나 정총에 합류했던 초고수들의 숫자는 상당히 줄어든 상태였다. 정총의 잘못된 방향과 수뇌부들의 비리 사실을 알고 실망한 나머지 떠나간 것이다.

정총의 초고수들은 대부분 백도 명숙들이었다.

백도 명숙들은 오랫동안 강호의 의와 협을 수호했다는 신념과 자부심을 잃어버렸다. 썩어 빠진 마음을 가진 일부 백도 인사들이 있었지만 여전히 청정한 마음으로 의협을 지키는 자들이 적지 않았다.

"정총이여! 실망스럽다."

"더 이상 정총에 발길을 들이지 않겠다."

"선배들이 흘린 피를 생각하면 결코 탐욕을 부리지 못
했을 텐데! 아쉽구나!"

정총을 설립하고 탄탄한 초석 위에 세우기까지 백도 명숙
들은 수많은 피를 흘렸다. 사마외도들과의 싸움에서 무수히
많이 죽어 나갔다.

목숨을 초개처럼 내던지면서도 강호의 의협을 지킬 수 있
다는 사실에 웃으며 죽을 수 있었다.

썩은 내를 폴폴 풍기는 정총의 행태는 피 흘리며 정의를 지
킨 백도 명숙들의 가슴에 칼을 꽂는 흉악한 짓거리였다.

"이런 더러운 짓거리를 할 줄은 상상도 하지 못했다."

"인면수심을 읽고 나서 정총에 대한 희망을 버렸다."

"할 수만 있다면 내 손으로 정총을 무너뜨리고 싶다."

소요서생의 인면수심 작품은 백도 명숙들의 정총 이탈을 더욱 가속시켰다. 진정한 힘이라고 할 수 있는 백도 명숙들이 빠져나가면서 정총이 더욱 크게 흔들렸다.

새롭게 총사에 오른 허무영이 열정을 가지고 정총의 분위기를 쇄신하려고 했지만 역부족이었다. 의욕과 열정만으로 정총의 문제를 해결할 수가 없었다.

어수선한 강호의 정국은 정총에 시련을 요구하고 있었고, 새로운 모색을 강요하고 있었다. 불안한 강호의 형세와 함께 정총은 날로 들뜨고 어수선해졌다.

그리고 정총의 흔들림은 경제적인 궁핍으로 이어졌다.

강호의 정의를 수호하는 정총은 자체적으로 수익을 벌어들이지 않았다. 오로지 정총에 소속된 문파와 무인들에게서 받는 후원금과 지원금 등으로 유지되어 왔다.

그러나 정총이 흔들리면서 후원금과 지원금은 점점 줄어들었고, 꽉꽉 들어차 있던 정총의 곳간이 텅텅 빌 지경에까지 이르렀다.

몇 달은 버틸 수 있지만 조금 더 시간이 지나면 정총에서 일하는 사람들의 월급을 주는 일도 어려운 상황이었다.

여러 가지 문제로 인해 정총의 기능과 역할이 몰락하고 있었다.

"휴우! 대인! 내 고민이 무엇인지 알고 계시오?"

총사의 자리에 앉아 있는 허무영이 이한열을 대면한 자리에서 한숨을 푹푹 내쉬면서 말했다. 곤륜파에서 신선의 도를 닦던 그가 속세에 내려와 모진 고생을 하고 있었다.

허무영은 곤륜산에서 검을 잡고 수련만 주구장창 했을 뿐이다. 순수한 도인이자 순박한 검객이었다. 세속의 때에 일절 물들지 않았기에 수많은 백도 명숙들의 동의를 얻어 정총의 총사 자리에 오를 수 있었다.

사실 허무영은 총사 자리에는 관심이 눈곱만치도 없었다. 그저 검 한 자루만 있으면 행복하고 즐거울 뿐이었다.

그런데 곤륜파 장문인을 비롯한 장로들이 문파에서 정총의 총사 자리에 오르는 사람이 한 명은 나와야 하는 것이 아니냐면서 애걸복걸하였다.

비록 정총 총사의 자리가 퇴색되기는 했지만 여전히 강호 무림에서 드높은 위치를 차지하고 있었다. 정총 총사를 배출한 문파들은 지금까지 모두 일곱 곳에 불과하였다.

정총 총사를 배출하였다는 것은 문파에게 있어 더할 나위 없는 영광이었다. 안타깝게도 곤륜파는 여태껏 총사를 배출한 적이 한 번도 없었다.

사문의 밥을 먹고 무공을 익힌 허무영은 차마 문파의 소망을 외면할 수 없었다. 그렇지만 정총 총사에 오르고 난 뒤 엄청난 번민에 휩싸였다.

오랜 세월 검만 잡은 그는 조직의 생리에 대해 전혀 몰랐고, 사람들을 다스리는 법도 미숙했다.

사실 정총 총사의 자리에 있다 보면 알게 모르게 사회적으로 지탄받을 일도 할 수 있어야만 했다. 정총의 힘을 행사하는 부분에서 항상 깨끗하고 정대한 일만 할 수 있지 않았다.

순수하고 순박한 허무영의 면이 그렇지 않아도 부족한 정총의 힘을 더욱 제약하게 만들었다.

이한열은 조직의 생리를 누구보다 잘 알고 있었고, 그것을 운용하는 데 탁월한 능력을 가지고 있었다.

무엇보다도 정총의 나아갈 미래를 정확하게 바라보았다.

"정총의 미래는 누가 뭐라고 해도 의와 협입니다."

무너지고 몰락하는 정총을 보며 절망하고 있는 백도인들이 다시 일어설 창구가 필요했다. 정총이 다시금 탄탄한 초석 위에 서는 것은 이른바 정의 수호였다.

"그건 알지만 대책이 무엇인지 모르겠소."

"사와 마가 강호에서 난동을 부리고 있는데, 대체 무얼 고민하십니까?"

이한열은 정총을 일으켜 세우는 데 있어 사마외도들의 척결이 필요하다고 말했다.

정총이 지배하고 있을 때도 사회악적인 일들이 적지 않았지만 사마외도들이 차지한 권역의 일부에서는 입으로 내뱉지 못할 만큼 천인공노할 짓거리가 벌어지고 있었다.

사람들이 사마외도라고 부르면서 경계하는 데는 다 이유가 있었다.

"아!"

허무영이 탄성을 터트렸다.

그는 정총을 먼저 추스른 다음에 사마외도들의 문제를 바로잡으려고 했다.

하지만 이한열은 사마외도들을 처리하면서 정총을 정비할 수 있다고 확신했다. 물론 그러면서 사소한 부분에 주의를 기울여 정총의 분위기를 쇄신할 수 있어야 한다.

그리고 이한열은 그런 작업에 있어 천재적 재능을 가지고 있었다.

그러나 이내 허무영의 안색이 흐려졌다.

"도고일장이면 마고일장이라! 사마외도들이 너무 강하오."

강호에 잠복해 있던 사마외도들이 한꺼번에 일어나 사방으로 들불처럼 번져 나갔다. 사마외도들 가운데에는 전대의 초거마들도 잔뜩 포함되어 있었다. 그런 초거마들을 중심으로 사마외도들이 모여들었고, 강대한 세력을 형성하였다.

허무영은 가족처럼 생각하는 백도인들의 피해를 걱정하였다. 죽고 다치는 사람들은 가족이자 동료였고, 이웃이었다.

사마외도들과의 싸움에서 백도인들의 희생이 엄청날 것이

확실했다.

"강호 정의를 수호하기 위해서는 당연히 처음에는 피를 흘려야 합니다. 언제 어디서든 사마외도들과 싸울 때는 피해가 발생할 수밖에 없는 구조이지요. 그러나 그것이 나쁜 건 아닙니다. 오히려 협력의 필요성으로 대두되기 때문입니다."

이한열이 지적했다.

싸움에는 피해가 당연히 발생한다.

그리고 그런 피해를 자연스럽게 받아들이는 이한열이었다.

그의 가치판단과 사고방식은 보통 사람들과 동떨어져 있었다. 거대한 태산을 보면서 그 안의 나무들은 무시할 때가 종종 있었다.

이한열이 사람들의 희생을 대수롭지 않게 여겼다.

이것이 바로 고관대작이자 높은 위치에 오른 이한열의 정총 대처법이었다.

"대의를 위해서는 소의 희생을 감수해야만 합니다. 그것이 정총의 참된 의무가 아니겠습니까?"

"음!"

허무영이 침음을 흘렸다.

분명히 맞는 말이기는 하지만 그 안에서 벌어지는 아픔을 쉽게 받아들이지 못했다. 한 사람의 목숨까지도 소중하게 생각하였기 때문이었다.

"진지하게 고민에 빠져 있는 지금 순간에도 강호에서는 백도인들이 죽어 나가고, 백성들이 고통스러워하고 있습니다. 그 고민의 답은 대체 무엇입니까?"

"도통 답을 모르겠소."

"이도 아니겠고, 저도 아니면 대체 언제 움직이는 겁니까? 우선적으로 답을 찾기 위해 행동을 해야 한다고 봅니다."

"⋯⋯."

허무영이 침묵했다.

"사마외도들이 강하다고 해서 침묵하고 있으면 정총이 그들과 다를 바가 무엇이겠습니까?"

"⋯⋯."

통렬한 비난에 허무영이 말을 하지 못했다.

"죽어 나가는 무인들과 고통에 울부짖는 사람들의 아픔은 사마외도들만의 탓이 아닙니다. 정총이 방관하고 있기 때문에 벌어지는 일입니다."

"그건 그렇지 않소. 지금 순간에도 정총은 분명히 대의를 지키기 위해 노력하고 있소이다."

허무영이 힘겹게 저항했다.

하지만 그런 저항은 안 하는 것만 못했다.

"행하지 않는 정의는 악이라고 했습니다. 정총이 악을 저지르고 있는 건 아닌지 진지하게 되돌아봐야 합니다."

"정총이 정의를 행하면서 피를 흘리면 남는 것이 무엇이오?"

"남는 것을 왜 따집니까? 정총은 강호 정의를 수호하는 데 앞장서기 위해 만들어진 단체입니다. 그건 지금 이 순간에도 변함이 없습니다."

부르르! 부르르!

정총의 참된 의미를 깨달은 허무영이 몸을 떨었다.

정총의 존재에 있어 너무나도 당연한 가치인데, 그걸 잊고 있었다.

"정총이 정총답게 있기 위해서 무엇을 해야 하는지 깨닫게 해 주어 고맙소."

허무영의 두 눈에서 정광이 솟구쳤다.

복잡하게 생각할 필요 없이 정총은 정총답게 행동하면 그만이었다. 주변의 시선에 신경 쓰지 않고 정총의 길만 묵묵하게 걸어 나가면 된다.

"의와 협의 기치를 높이 치켜세우고, 강호 정의를 수호하겠다고 나서면 빠져나갔던 백도 명숙들도 다시금 발길을 되돌릴 겁니다."

이한열의 말이 너무나도 매력적으로 들리는 허무영이었다.

진짜 답을 모르고 있는 상황에서 이한열의 이야기는 먹장구름을 뚫고 비친 한 줄기 햇살이나 마찬가지였다.

"사마외도들과의 싸움에서 유리한 위치를 점하면서 정총에 소속된 문파와 무인들의 마음을 끌어오는 데 총력을 기울여야 합니다. 싸움은 협동과 조화가 필수적이기에, 마음을 하나로 모으는 데 있어 좋게 작용할 겁니다."

"옳거니!"

허무영이 무릎을 탁 치면서 감탄했다.

정총의 문제를 해결하면서 사마외도들을 압도할 수 있는 좋은 계책이었다.

이한열은 정총과의 연합을 통해 강호일통의 대업을 완성하려고 하였다.

'피를 흘리면서 싸워야만 강호일통을 할 수 있는 건 아니지.'

손자병법에는 싸우지 않고 이기는 것이 최선의 수라는 말이 있다.

지금 이한열이 바로 그랬다.

사실 황실에서 정총을 밉게 보는 건 정총의 전폭적인 협조와 지지가 없기 때문이었다. 정총이 만들어질 때 황실과 조정에서는 직간접적으로 막대한 지원을 해 줬다.

사마외도들을 척결하기 위해 병장기를 휴대하고 이동하는 백도인들은 성문 등의 검문검색을 간편하게 해 줬고, 전투가 벌어졌을 때 방관해 주기도 했다.

그리고 정총의 건립 당시 황실 내탕고에서 엄청난 자금을 꺼내 주기도 했다.

정총의 건립 초기에는 황실과의 사이가 아주 좋았다.

황실도 혼란스러웠던 강호 무림을 백도 세력인 정총이 잡아서 조용하게 해 주는 걸 반겼고, 정총도 황실의 눈치를 살피며 알아서 기었다.

그런데 정총이 자리를 단단하게 잡고 난 뒤 황실이 흔들리기 시작했다. 대명의 중심인 황실이 흔들리자 조정에 부정부패가 만연하였고, 정총은 자연스럽게 황실과 거리를 두기 시작했다.

그러면서 관과 무림은 서로 침범하지 않는다는 전통적인 관례를 들먹거렸다.

어렵고 힘들 때 도와줬더니 나중에 등 돌린 정총의 행태에 황실은 화가 날 수밖에 없었다. 그리고 그런 화를 풀기 위해서 주수선 군주의 명령을 받아 이한열이 강호에 출도했다.

그리고 다시금 조정이 정총에 화해의 손길을 내밀고 있었다.

"자금이 원활하지 않은 걸로 알고 있습니다."

"휴우! 얼마 후면 인건비도 지급할 수 없는 수준이라오."

허무영이 한숨을 내쉬면서 한탄했다.

속이 쩍쩍 타들어 갔다.

정총의 자금난은 심각한 수준이었다.

정총은 규모가 워낙 컸기 때문에 자금이 엄청나게 필요했다. 사마외도들의 준동에 대비하기 위해 정총의 움직임이 확대되었고, 덩달아 운영 자금이 급격히 늘어났다.

병기와 암기 등의 확보에도 많은 자금이 쓰였는데, 그 또한 자금 압박의 요인이 되었다.

여기저기 돈 쓸 곳이 많은 상태에서 후원금과 지원금은 줄어들기까지 하다 보니 상황이 더욱 어려웠다. 총사인 허무영이 다방면으로 뛰어다니면서 손을 벌려 보고 있었지만 속수무책이었다.

현재 정총은 자금적인 부분에서 밑 빠진 독이나 마찬가지였다.

"황실에서 정총의 필요한 자금을 모두 주기로 했습니다."

이한열이 말에 허무영의 안색이 확 바뀌었다.

밑 빠진 독에도 막대한 물을 채워 넣을 수 있는 곳이 바로 황실이었다. 황실은 정총에서 자금이 빠져나가는 속도보다 더욱 많은 자금을 투입하는 것이 가능했다.

정총 입장에서 막대한 자금이라고 해도 중원 전체를 통치하고 있는 황실 입장에서 보면 그렇게 큰 금액이 아니었다.

"필요한 자금을 전부 말이오?"

"그렇습니다. 주수선 군주마마께서 정총을 밀어 주시기로 결정하셨습니다. 추후 군주마마의 은혜에 감사드려야 할 겁니다."

정총을 회유할 수 있다는 이한열의 보고에 주수선이 황실 내탕고를 열어 자금 지원을 하겠다고 답했다. 제이의 측천무후를 꿈꾸고 있었기에 정총의 합류를 반겼다.

"물론이오. 주수선 군주마마의 은혜를 어찌 잊겠소! 감사의 의미로 사절단을 북경으로 보내겠소이다."

"저와의 이야기가 끝난 후부터 주수선 군주마마께서 보내신 자금과 물건들이 정총으로 들어오기 시작할 겁니다."

이한열은 이미 정총의 합류를 확신했다.

그렇기에 이미 정총 문밖에는 황실에서 보낸 수많은 물자들이 엄청난 양의 수레 위에 실려 있었다.

꼬리에 꼬리를 물고 있는 물건들의 행렬을 본 사람들이 퍼트린 소문이 안개처럼 퍼져 나갔다.

"정총이 막대한 지원을 받았다."

"끝이 어디인지 알 수 없는 긴 줄이다."

"빈 집에 황소 들어갔다."

"정총은 아직 죽지 않았다."

사실 정총이 망할 거라는 유언비어와 소문은 이미 강호 무림에 파다했다. 정총의 몰락을 점치는 말이 무성했고, 실제로도 그랬다.

강호의 예측과 소문이 금세 현실이 될 만큼 정총은 엉망이었다.

그런데 그런 소문들이 황실에서 나온 엄청난 지원으로 인해 쏙 들어갔다. 언제 유언비어와 소문이 있었냐는 듯이 빠른 속도로 사라지고 있었다.

"정말 고맙소."

허무영이 이한열에게 포권하며 감사를 표했다.

그는 이한열이 고관대작이면서 강한 무력을 가지고 있다는 사실을 알고 있었지만 사실 대단하다고 느끼지는 않았다.

그렇지만 대화를 하면서 점점 이한열이 크게 보였다.

대인!

정말로 큰 사람이었다.

그는 이한열과 함께 있으면서 검과의 시간을 보낼 때 느꼈던 편안함을 느꼈다.

"자금이 돌면 정총은 폭발적인 성장을 이룰 수 있을 겁니다. 거기에 발맞추어 빠져나갔던 인사들이 발걸음을 돌릴 것이며, 종국에 정총은 규모와 질적으로 팽창하게 될 겁니다."

이한열은 정총의 미래를 예상하고 있었다.

그리고 그 예상이 적중할 수 있는 수단과 방법들도 가지고 있었다.

"그렇게만 된다면 더할 나위 없이 좋은 일이오."

"사마외도들과의 싸움을 통해 정총을 재정비하면서 하나로 통일된 통제력을 얻어야 합니다. 모든 일을 관리, 통제하는 체제를 구축함으로써 더 안정적이고 효율적인 경영을 이룰 수 있습니다. 이것들을 가능하도록 만들기 위해서는 비상한 회계 능력을 가진 회계사들과 세심한 데까지 신경 쓰는 꼼꼼함을 가진 학사, 한 푼이라도 헛되이 쓰지 않겠다는 생각을 가진 상인 등이 필요합니다. 무력도 요하겠지만 아래에서 지탱해 주는 지원 체제는 탄탄하게 만들어질 필요성이 있습니다. 이러한 세부적인 노력은 정총에게 명성을 심어 주고, 정총은 건실한 재무 구조를 가질 수 있고, 사람들은 정총에 매료되어 자금 지원을 아끼지 않게 되는 선순환적인 구조로 이어집니다."

"음! 어려운 이야기로군요."

"어렵게 생각하실 필요 없습니다. 수장으로서 확고부동하게 자리를 잡아 주시고 어려운 일은 아랫사람들에게 맡기시면 됩니다. 그것이 수장으로서의 진정한 역할이지요."

"인재를 구하는 것이 쉽지 않을 텐데……."

허무영이 미간을 찌푸렸다.

필요성에는 공감을 하지만 인재를 구한다는 건 하늘의 별 따기처럼 쉽지 않았다. 적재적소에 인재를 집어넣어 정총을 굴러가게 만든다는 것이 허무영은 힘들었다.

"사람이 필요하다면 제가 한번 힘을 써 볼 수 있습니다."

"그렇게 해 주신다면 정말로 고맙겠소이다."

"조정에서 퇴사하는 전직 관리들과 상인들을 소개시켜 드리겠습니다."

이한열이 속으로 회심의 미소를 지었다.

정총은 저렴한 투자 금액에 비해 엄청난 수익을 낼 수 있는 단체였다. 비영리단체이기 때문에 직접적으로 수익을 창출해 내지는 않지만 정총의 행보에는 막대한 이해득실이 엮여 있었다. 백도의 수많은 문파들과 무인들이 정총의 이해득실에 매달려서 단맛을 쪽쪽 빨아먹은 것이었다.

지금 이한열은 허무영의 허락을 받고 정총에 자기 사람을 합법적으로 심어 두려고 하고 있었다.

"정총이 해야 할 일, 즉 정총의 기초를 튼튼하게 다지는 일을 할 수 있도록 제가 소개시켜 준 인재들이 도울 겁니다."

"될 수 있으면 빨리 부탁하오."

복잡하고 어색한 일에서 벗어나고 싶은 허무영이 간절하게 부탁했다.

'이제부터는 정총에서도 이득을 뽑아낼 수 있다.'

이처럼 간단하게 정총에 자기 사람을 심게 될 줄은 이한열도 미처 상상하지 못했다.

황실을 대표하는 이한열과 정총을 대표하는 허무영이 서로 간의 도움을 주고받는 포괄적인 협약을 체결했다.

정총 초기에는 삼원 사전 오부 육당 체제였는데, 규모와 세력이 늘어나면서 오원 칠전 팔부 구당으로 바뀌었다. 규모가 늘어났지만 자연스럽게 통합과 집약화가 약화되었다.

다시 원래의 삼원 사전 오부 육당 체제로 되돌리면서 여기저기 흩어져 누수되고 있던 전력을 합쳐 힘을 강화할 수 있었다.

강도 높은 구조조정에 나서 능력이 부족하고 배경으로 감투를 뒤집어쓴 사람들을 퇴출하는 작업도 추진했다.

내부의 구조 재편 작업이 완료되면 정총은 밖으로 눈을 돌리게 된다. 그렇게 되면 사방에서 마구 날뛰는 사마외도들이 철퇴를 맞을 수밖에 없다.

당장은 내부 조정으로 인해 힘든 과정을 거치고 있었지만 종국에는 창대히 재차 비상할 수 있는 기틀을 마련해 갔다.

이한열은 다분히 공격적이고 지기 싫어하는 성격을 가지고 있었다. 그러면서도 자기 사람이라고 생각하면 매우 부드럽게 대해 주기도 했다.

그가 정총에 필요한 사람들을 뽑기 위해 직접 지원자들을 면담했고, 그 가운데 자기에게 이득이 되는 사람을 뽑으려고 했다.

"정총에 들어가려는 이유가 무엇인가?"

"강호의 정의를 수호하기 위함입니다."

"정의 수호! 좋은 말이지. 돌아가서 기다리게."

"좋은 소식 기다려도 되겠습니까?"

"자네보다 뛰어난 사람이 없으면 좋은 소식이 갈 걸세."

탁훈재는 회계를 다루는 부분에 있어서 조정에서도 똑똑하고 뛰어난 편이었다.

그렇지만 까칠할 정도로 도리와 원칙을 따졌기에 출세에 많은 지장을 받았고, 결국 낙향하게 되었다.

정총의 재무를 다루는 회계사 자리라면 탁훈재의 입장에서도 나쁘지 않았다.

"저보다 뛰어난 사람은 없습니다."

탁훈재가 자신감을 드러냈다.

그의 말은 틀리지 않았다.

확실하게 정총에 취업했다고 생각한 탁훈재가 발걸음도 가볍게 돌아갔다.

"일 처리에 있어서는 확실히 뛰어나지. 계속 그렇게 살아 보게. 나는 자네를 뽑지 않을 테니까."

이한열은 단순히 일의 능력만 보고 사람을 뽑지 않았다. 인적 자원의 중요성을 늘 알고 있었기에, 함부로 사람을 고용하지 않았다.

살아가다 보면 원칙에 어긋나는 짓을 하기 마련이다. 그리고 그런 짓을 이한열이 종종, 아니 자주 벌이는 편이었다.

상관이 원칙에 어긋난 짓을 벌였다고 아랫사람이 적대시하거나 반발하면 무척 피곤한 일이 벌어진다.

탁훈재 같은 사람은 비리를 알게 되면 이한열에게 대들고도 남았다.

"높은 직업 의식과 윤리 의식은 높이 평가해. 하지만 나와는 맞지 않아. 나에게는 입속의 혀처럼 움직일 수 있는 수족이 필요해."

이한열은 능력 중시가 아닌 자기 사람 중심이었다.

재능과 열정을 떠나 맹목적인 충성을 하는지에 따라 높은 점수를 줬다. 독단으로 일을 처리하지 않고 철저하게 명령에 따라 움직이는 수족을 선호했다.

만약 시간이 좀 더 있었다면 능력이 뛰어난 탁훈재를 포용해서 시간을 들여 철저하게 자기 사람으로 만들었을 것이다. 하지만 몸이 열 개라도 부족할 정도로 바빴기에 탁훈재에게 많은 시간을 투자할 수 없었다.

"아무리 잘나도 상사의 등에 칼을 꽂으려고 하는 인재는 필요 없어."

이한열은 적당히 속세의 때가 묻어 있는 인재를 원했다.

너무 깨끗한 물에는 물고기가 살 수 없는 법!

이한열은 아랫사람들과 인간적인 신뢰를 쌓는 동시에 적당히 비리도 함께 저지르려고 했다. 이한열이 좋고, 아랫사람들도 좋은 일이었다.

부정 축재한 재산을 그가 홀로 먹을 생각은 눈곱만치도 없었다.

"혼자 독식했다가는 배탈이 나기 마련이지. 두루두루 함께 잘 살아야 영구하게 가는 법!"

이한열의 부정부패에는 도(道)가 있었다.

홍익인간이라고 할까?

약간 변질되기는 했지만 이한열은 자기 사람들만을 위한 부정부패한 홍익인간의 정신을 실현하고 있었다.

시간이 지날수록 그 도는 점점 현묘해지고 단단해졌다.

이한열은 많은 공부와 경험을 바탕으로 자신에게 도움이 되는 사람들을 쏙쏙 뽑아냈다. 신성을 가지게 되면서 직관력까지 얻었고, 이것이 사람들을 면접하면서 관심법으로 발전했다.

충성을 다짐하는 사람들 가운데 재주 있고 능력 있는 사람들을 채용하였다. 신중하게 믿을 만한 사람을 뽑으면서 세 가지 장점을 갖추게 됐다.

첫째, 정총의 문제를 해결할 수 있다.

둘째, 새롭게 변화하는 강호의 불확실성에 대비해 충분히 의견을 나누고, 그에 대비하는 계획을 세울 수 있다.

셋째, 항상 원활하게 의사소통을 할 수 있다.

위의 조건이 맞는 사람들을 만나면 이한열은 주저하지 않고 고개를 숙였다.

"나를 좀 도와주시오. 우리 함께 좋은 정총을 만들어 봅시다."

이한열의 말은 짧았지만 진지하고 간곡했다.

전직 관리를 지냈던 장미곤은 높은 고관대작인 이한열이 고개까지 숙여 가면서 부탁하자, 쉽사리 물리칠 수 없었다.

"앞으로 잘 부탁드리겠습니다."

장미곤이 고개를 더욱 조아렸다.

미관말직이었던 그는 고관대작에게 진정성 담긴 정중한 인사를 단 한 번도 받아보지 못했다. 그렇기에 이한열의 제안을 쉽게 받아들일 수 있었다.

"앞으로의 생활은 걱정하지 마시오. 최대한 편의를 봐 드리겠소이다."

"감사합니다."

미관말직은 관리라는 신분만 있을 뿐 인간으로서 제대로 살아갈 경제적인 지원이나 혜택을 받지 못한다. 영세하게 살돈만 받으면서 살아가기에 부정부패에 쉽게 연루될 수밖에 없다.

이한열은 자기 사람들에게 하나라도 더 이득을 주기 위해 노력했다. 정총에서 받는 임금을 같은 위치의 사람들보다 조금이라도 높게 책정하였고, 몸이 아픈 사람들에게는 영약을 챙겨 줬다.

이한열에게 충성을 다짐한 사람들은 많은 이득을 볼 수 있었다.

헌신적인 노력을 기울이는 이한열에게 사람들이 감동했다.

사람들의 마음을 훤히 읽고 있었고, 앞으로 일어날 일을 이미 예상하고 있는 현명한 이한열이었다.

황실의 입김이 가미된 정총의 구조조정이 이뤄졌다. 정총의 슈뇌부 인사들을 제외하고는 내부적인 고강도 개혁이라고 받아들였다.

정총이 전체적인 부분에서 구조조정에 나선 데 이어 정총의 무력 단체와 소속된 문파, 무인들에 대한 구조 재편에 박차를 가했다.

앞으로 있을 사마외도들과의 다툼에서 피해를 최소화하면

서 우위를 점하기 위한 사전 작업이었다. 강화된 전력을 가지고 있는 사마외도들과의 다툼이 격화될 수밖에 없었다.

군사부의 연구와 정보 관련 문파들은 현재 추진 중인 구조 조정과 구조 개편이 마무리될 경우 정총의 전력이 한층 강화돼 사마외도들 공략에 많은 힘이 될 것이라고 예상했다.

第八章
성지

허름하고 황량하던 대지 위에 대규모의 저택들을 비롯한 웅장한 건물들이 하나둘씩 들어서기 시작했다. 배교도들이 살아가야 할 대지 위에 진용이 하나둘 갖춰지고 있었다. 교주의 재림과 함께 배덕의 무리들이 용암일족의 땅으로 모여들고 있었다.

배교의 신전이 중심에 웅장한 모습을 서서히 갖춰 가고 있었고, 그 옆에는 그동안 신을 받들 간이 신전이 아름답게 건립되어 있었다.

하늘은 높고 구름은 가벼웠다.

하늘을 향해 쭉쭉 뻗은 싱그러운 나뭇잎들이 작은 바람에 흔들리며 자지러지듯 반짝이는 인사를 보내고 있었다.

"꺄하하하! 나 잡아 봐라!"

"거기 서!"

"잡으면 닭 꼬치 하나 주지."

"꼭 잡고 만다."

아이들이 신명나게 웃으면서 놀고 있었다.

허름하고 못살던 용암일족의 대지 위에는 더 이상 어둡고 가난한 기색을 찾아볼 수가 없었다. 깨끗한 대지 위에서 좋은 옷을 입은 아이들의 얼굴에는 미소가 가득 넘쳤다. 아무런 걱정 없이 순수하게 살아가는 아이들의 모습이 배교도들의 삶을 그대로 보여 줬다.

배교도들은 잃어버린 교주와 함께 신을 다시금 찾을 수 있었다.

이한열이 배교도들을 위해서 막대한 자금을 지원해 주고 있었고, 꾸준하게 추가 자금과 자재, 인재 등을 보내 줬다.

어두웠던 날은 가고 배교도들의 앞날에 광명만 남아 있어야 했다. 그러나 배교도들에게도 걱정이 있었다.

교주와 함께라면 사선을 넘어설 수도 있었지만 차 밭이 문제였다. 예상했던 만큼 차 재배가 이뤄지지 않고 있었다.

"큰일입니다. 차 밭의 성과가 기대했던 것만큼 좋지 않습니다."

무원경의 안색이 시커멓게 죽어 있었다.

밤낮으로 차 밭을 둘러보면서 걱정하고 있었기에 무위를 떠나서 안색이 검게 변해 있었다.

무공을 펼치고 있기에 땅의 개간은 수월하게 진행되고 있었지만 차나무의 재배에 어려움을 겪고 있었다.

차나무가 문제였는지, 혹은 재배와 육성, 관리상의 문제였는지 이한열과 함께 심었던 차 밭의 삼 할에 가까운 녹차 묘목들이 죽어 버렸다. 그리고 이런 현상이 다른 차 밭들로도 전염되고 있다는 것이 더 큰 문제였다.

문제를 해결하기 위해 차 전문가인 장경이 밤을 낮 삼아서 노력하고 있었다. 흙과 기후 등 여러 가지 문제들이 복합적으로 작용하고 있기 때문에 어디부터 손을 대야 할지 고민했다.

"교주님의 실망이 이만저만이 아닐 것이오."

허연 백발을 탐스럽게 드러내고 있는 노인 조하절이 걱정스럽게 이야기했다.

배교의 혈음일족을 이끌고 있는 조하절은 무원경보다 배분이 한 단계 더 높았다. 배교 전체를 따져 봐도 조하절보다 높은 사람은 손가락에 꼽아야만 했다.

조하절은 일족을 이끌고 새로운 성지로 찾아왔다.

아직까지 한 번도 뵙지 못한 교주를 조금이라도 빨리 만나 뵙기를 학수고대하고 있었다. 그러나 지금에 와서는 그날이 늦어지기를 바라는 마음도 생겨났다.

모두가 차 밭 때문이었다.

처음 교주를 뵙는 영광스러운 자리에서 차 밭의 문제가 나오면 얼굴을 들 낯이 없었다.

"차 전문가인 장경은 문제가 대체 뭐라고 합니까?"

사방으로 삐죽삐죽 튀어나온 고슴도치 수염을 가진 두부제가 괄괄한 음성으로 물었다. 당장에라도 장경을 불러와서 목을 잡고 해결을 해내라고 할 분위기를 연출했다.

서역의 피를 일부 가지고 있는 벽혈일족의 족장 두부제는 푸른 눈의 사나이였다. 백혈일족은 중원에서 배교를 받아들인 것이 아닌 서역에서부터 믿었던 부족이었다. 배교일족들 가운데 다섯 손가락 안에 들 정도로 강성한 부족이었다.

"물이 땅속으로 스며들어 오간 데 없이 사라지는 것이 가장 큰 문제라고 합니다."

무원경이 장경의 말을 전했다.

장경은 밤낮으로 매달린 끝에 땅속의 문제를 찾아냈다. 차를 재배하는 지면 위의 조건은 좋았지만 땅속이 나쁠 줄 상상도 하지 못했다.

땅이 물을 어느 정도 머금고 있어야 하는데, 물이 쑥쑥 빠져나가기만 했다. 이른바 밑 빠진 독에 물 붓기나 마찬가지였다.

"그러면서 물과 함께 흙까지 유실되고 있다 합니다."

나쁜 일이 연달아 벌어진 셈인데, 이른바 엎친 데 덮친 격이었다.

"문제는 전문가가 알아서 파악하라 하고 대책이 뭐랍니까?"

지금 가만히 앉아서 문제를 파악하는 건 시간 낭비일 뿐이라고 여긴 두부제의 눈에서 불길이 화르르 뿜어졌다.

"이럴 때는 퇴비를 바닥에 깔아 두는 것이 최선의 방법이라고 합니다."

"방법이 있다면 바로 하면 되는 일이지 않는가?"

"그것이 쉽지 않습니다. 저 넓은 땅에 퇴비를 깔기 위해서는 엄청난 노력이 들어갑니다."

무원경은 어렵고 힘든 시절 화전을 경작하기 위해 동물의 배설물과 나뭇잎 등을 활용해서 퇴비를 뿌린 경험이 있었다. 손바닥만 한 화전에 사용할 퇴비를 만들기 위해 많은 재료와 시간을 투입했다. 화전과 비교되지 않는 넓은 땅에 퇴비를 넣기 위해서 얼마나 많은 시간과 재료 등이 들어갈지 상상하기 어려웠다.

드넓은 대지에 퇴비를 모두 넣는 건 실로 불가능에 가까웠다.

"방법이 있다면 됐네. 그대로 하세."

조하절이 결정을 내렸다.

"그렇지만 저 넓은 대지에 모두 퇴비를 넣을 수는 없습니다."

"다른 좋은 방법을 강구하는 것이 어떻겠습니까?"

무원경과 두부제가 조심스럽게 반발했다.

"엄청난 노력과 시간이 들어간다고 했던가? 우리는 참으로 오랜 시간 교주를 기다려 왔네. 설마하니 그 오랜 기다림보다 많은 시간이 걸릴 거라고 생각하지는 않아. 다른 좋은 방법이 나오면 좋겠지. 그때까지 손가락만 빨고 있을 생각인가? 우리는 지금 할 수 있는 일을 하면 돼. 나는 그것이 교주를 기다리는 신도들의 자세라고 봐."

밑 빠진 독에 물 붓기가 된다고 해도 신도들은 교주를 위해 헌신해야 한다. 그것이 바로 배덕을 했던 신도들의 원죄를 조금이나마 희석시킬 수 있는 길이기도 했다.

"옳으신 말씀입니다. 우리들은 교주를 받드는 바른 자세를 취해야 합니다."

"교주를 모시게 됐다는 들뜬 마음에 너무 경망스러웠습니다. 잘못을 통감합니다."

무원경과 두부제가 고개를 조아렸다.

배교도들의 삶을 암흑에서 끄집어내 준 교주 이한열을 위해서는 죽으라면 진짜 죽기까지 할 수 있어야 했다. 신을 저버린 행위가 얼마나 어리석은 행태였는지 깨달았다.

그들은 차 밭을 믿고 맡긴 교주의 신뢰를 저버릴 수 없었다.

"차 전문가의 입장에서 한 대처법은 이해를 할 수 있어. 그런데 우리들이 할 수 있는 일은 없을까?"

조하철이 입가에 미소를 지으면서 말했다.

복안이 있다는 모습이다.

"좋은 방법이 있으십니까?"

"답답해 죽겠습니다. 빨리 말씀해 주십시오."

"우리들은 무림인이야. 무인에게는 무인의 해결 방식이 있는 법이지."

"무인이 할 수 있는 일이 있다는 말씀입니까?"

"생각해 보게. 차 밭에서 생검을 펼치면 어떻게 될 것 같은가?"

"아!"

"정말 탁월한 생각입니다."

생검은 죽어 가는 기화이초들을 되살릴 수도 있는 생기 넘치는 검도이다. 밭에서 고사되어 죽어 나가는 차나무들이 생검을 접하게 되면 살아날 가능성이 높았다.

조하철은 생검을 펼칠 수 있는 무인이었다.

그리고 배교 전체를 살펴보면 생검을 펼칠 수 있는 무인이 여럿 있었다.

"이건 어떻습니까? 저는 여러 영약을 먹어 보혈을 가지고 있습니다. 차나무에 보혈을 뿌린다면 좋은 효과를 볼 수 있을 겁니다."

두부제가 머릿속에 떠오른 기찬 생각을 내뱉었다.

영약으로 인해 만들어진 보혈을 차나무에 뿌린다?

일반인이라면 결코 상상할 수 없는 이야기였다.

일반인이 보혈을 먹으면 수십 년의 내공 증진을 볼 수 있었다. 그런 귀한 보혈이 차나무에 뿌려진다고 하면 모든 사람들이 미쳤다고 손가락질을 할 것이 분명했다.

하지만 이한열에 대한 광적인 태도를 보이고 있는 조하절과 무원경에게는 박수를 받을 만한 좋은 계책이었다.

"좋은 생각입니다. 신도들 가운데에는 보혈을 가지고 있는 사람들이 적지 않으니 함께 동참하도록 합시다."

"그러도록 하세."

"보혈을 가지고도 참여하지 않는다면 작살을 내 놓아야겠지요."

두부제의 과격한 말을 들은 조하절이 슬며시 고개를 끄덕였다. 그 역시 보혈을 가지고도 참여하지 않을 신도들은 곱게 생각하지 않고 있었기 때문이었다.

교주를 받드는 일에는 끝이 없었다.

그리고 끝은 새로운 시작을 뜻한다.

배교 일족의 족장들은 이한열의 일에 관련되어 광적인 면모를 내비쳤다. 혹시라도 밉보였다가 배덕의 치죄를 당할까 봐 전전긍긍하는 면이 있었고, 새롭게 얻은 신의 기대를 저버릴 수 없다 생각하고 있었기 때문이었다.

용암일족이 살았던 장소는 배교의 성지가 되었다.

교주 강림과 성지의 소식을 접한 배교의 후예들이 발 빠르게 모여들었고, 성지에 있는 배교도들이 각지에 숨어 있는 배덕의 후예들에게 통문을 돌렸다. 이한열의 신성을 접하게 된 배교도들이 환호했다. 천하로 퍼져 나가 꼭꼭 숨어 있는 배교도들에게 이한열의 소식을 전하는 일은 계속해서 진행 중이었다.

모든 배교도들이 교주 강림에 대해서 환호하는 건 아니었다. 배덕의 원죄를 뒤집어쓴 채 교주 강림의 소식을 접하고도 외면하는 배교의 후예들도 있었다.

오랜 세월이 지나면서 교리를 잃어버린 배교도들을 응징하기 위한 사신이 암중에서 움직였다. 암흑좌사 천도훈이 배덕의 죄를 씻지 않고 있는 자들을 엄벌했다.

천도훈의 뇌리에 이한열과의 마지막 만남이 펼쳐졌다.

"해 줘야 할 일이 있어."

"말씀만 하십시오."

"배덕의 후예들 가운데 죄를 씻으려고 하지 않는 자들
을 지워 줬으면 해."

"알겠습니다."

천도훈이 한 자루 검처럼 차가워졌다.

단번에 납득하는 천도훈을 보면서 이한열이 당황했다.

"궁금하지 않아?"

"궁금하지 않습니다. 명령하셨으니 따르겠습니다."

천도훈은 신도를 넘어 광신도가 되어 있었다. 이한열을 전
적으로 신뢰하다 보니 어떠한 의문도 마음에 생기지 않았다.

그리고 암흑좌사는 교주의 칼이었다.

교주가 죽이라고 하면 생각하지 않고 휘둘러져야 한다고
받아들였다.

그러나 맹목적인 칼은 이한열 쪽이 사양이었다.

'처음 봤을 때는 똑똑했었는데 이제는 생각하지 않는 사람
이 되어 버렸어. 내가 너무 굴렸나?'

이한열이 속으로 많이 반성했다.

삽화가로 이용해 먹기 위해서 궤변을 남발하며 천도훈의 사고력을 너무 많이 훼손시킨 결과인지도 몰랐다. 명령을 거부하지 않고 받아들이는 모습이 좋은 한편으로 섬뜩했다.

두뇌가 명석하고 신성을 얻은 뒤로 늘 패기에 차 있는 이한열이었는데 잠시 자신을 되돌아봤다. 천도훈을 거울삼아 자신을 비추어 보니 냉정해질 수 있었다.

'패기에 차 있는 건 좋다. 하지만 독선이 되어서는 곤란해. 나를 막아 줄 수 있는 장치가 필요해. 그 장치에 있어서 천도훈만큼 좋은 인재는 없어.'

이한열은 왼팔인 천도훈의 사고력을 되돌려야겠다고 마음먹었다.

사람은 마땅히 사람을 통해 잘못된 점을 바로잡아야 했다. 그릇된 부분을 발견하고 교훈 삼아 교정하는 건 이한열의 특기였다.

"내가 잘못을 저지를 수도 있어. 그럴 경우를 대비해서 자네가 안전장치가 되어 줬으면 해."

완벽한 사람이라도 언젠가는 실수를 하기 마련이다.

신성을 가지고 있는 이한열에게 배교의 신도들이 직언을 한다는 건 무척이나 어렵다. 아무리 기세가 당당한 무인들이라고 해도 신성 앞에서는 주눅이 들게 마련이었다.

암흑좌사인 천도훈만 봐도 그런 사실이 증명됐다.

　"저는 교주의 칼입니다."

　"알고 있어. 나는 자네가 생각하는 칼이 되었으면 하
　는 거야."

　"생각하는 칼이라고요?"

　"일방적인 명령과 수행의 관계가 아닌 나와 대등하게
　소통하자는 이야기이지."

이한열이 부드러운 표정을 지으면서 음성까지 신경을 썼
다. 필요에 의해 천도훈의 충심 어린 말에 귀를 기울일 준비
가 되어 있었다.

'소신껏 자기 생각을 말하다 보면 자연스럽게 적극적인 자
세가 된다. 암흑좌사와의 소통을 통해 나를 살필 수 있으니
이득이다.'

천도훈을 생각하면서 자신을 먼저 챙기는 이한열은 역시나
교활했다.

　"명령대로 따르겠습니다."

깊은 감명을 받은 천도훈이 고개를 깊숙하게 숙였다.

　"성지에 모이는 교도들 가운데 불순분자들이 있으면
곤란해져."
　"새롭게 시작하는 세상에서 불순분자들은 지워 버려
야 합니다."
　"그렇기는 하지. 그런데 왜 없애야 할까?"
　"신성을 가지고 있는 교주 강림에 화답하지 못하는
버러지 같은 교도들에게 삶은 필요가 없습니다. 처단해
야 합니다."

　이한열과 함께하게 되면서 점점 단순 무식으로 행동하는
천도훈이 단칼에 잘랐다. 참으로 기이하게 변화되어 가고 있
는데, 이것이 모두 이한열의 공작 때문이었다.

　"배교는 아직 세상에 알려져서는 안 돼."
　"왜 그렇습니까?"

　교주인 이한열이 재림하였기에 배교는 다시 세상에 모습을
드러낼 준비가 되어 있었다.
　교주와 함께하는 배교도들에게는 어떠한 두려움이나 무서

움도 없었다.

　"신분에 따른 구별이 없기 때문에 배교는 무림을 비롯
　해서 나라의 박해를 받을 수밖에 없어."

　배교의 평등 사상이 퍼져 나가면 중원을 지배하고 있는 이
념 자체가 송두리째 흔들린다. 절대왕건주의와 봉건주의가
무너질 수밖에 없기 때문에 나라에서는 절대적으로 배교를
배척한다. 신분과 배분이 확고한 무림에서도 배교의 평등 사
상을 잔뜩 경계하고 있었다.

　"힘없는 정의는 악이나 마찬가지야."

　이한열은 진보된 사상 때문에 배교를 세상에 드러내기를
꺼려했다. 배교가 중원 모든 단체들로부터 박해를 받아 다시
금 멸망의 길을 걸을 수밖에 없다는 걸 알았다.

　"정의를 지키기 위해서는 힘이 필요합니다."
　"지금은 웅크리고서 힘을 키워야 할 때야."
　"옳으신 판단입니다."
　"불순분자들이 배교의 이야기를 세상에 퍼트려서는

안 돼!"

"제가 처리하겠습니다."

"배교를 세상의 이목으로부터 숨을 수 있도록 어둠의
장막을 드리워 줘."

"명을 받듭니다."

$$* \qquad * \qquad *$$

나뭇가지 위에 올라서 어둠 속에 동화되어 있는 천도훈이
서늘한 눈빛으로 웅장하면서도 화려한 대저택을 내려다보고
있었다.

"배덕을 하고 잘 먹고 잘 살고 있다니! 죄를 뉘우칠 생각도
없이 편하게 지내고 있는 너희들은 다시금 세상에 모습을 드
러낸 배교의 세상에서 살아갈 자격이 없다."

천도훈이 암흑좌사로서 잘못된 길을 가고 있는 교도들에
대한 심판을 내리기로 마음먹었다.

스르르!

검은 그림자가 화려한 실내로 잠입하였다.

천도훈이 이한열의 살인 지령을 받고 배교의 불순분자들
이 살고 있는 초씨세가를 찾아왔다.

초씨세가는 도홍이라는 마을 일대를 오백 년이 넘는 세월

동안 지배하는 토호 가문이었다. 그러나 실상은 배교의 초원
일족이었다.

교주 재림이라는 통문을 받아 놓고도 초씨세가는 어떠한
반응도 보이지 않았다. 그리고 그런 행동이 사신을 불러오고
야 말았다.

천도훈이 초씨세가의 가주 초장원을 찾았다.

초장원은 화려한 침대 위에서 알몸으로 곯아떨어져있었다.
그의 양옆에는 아름다운 미녀 두 명이 실오라기 하나 걸치지
않을 채 잠을 자고 있었다.

방바닥에는 술병이 나뒹굴고 있었다.

멀쩡한 정신이었어도 살수로 찾아온 천도훈을 피할 수 없
었는데, 저녁부터 신나게 방사를 치른 초장원은 술에 취해서
고주망태였다.

천도훈의 미간에 강렬한 살기가 번졌다.

"교주께서 너의 죽음을 원하신다."

서늘한 살기를 뿌리고 있는 그가 교주의 칼인 암흑좌사의
본래 면모를 되찾았다.

배교에 반대하는 자와 교주에게 장애가 될 가능성이 있는
자를 일소하는 일에 하등의 죄책감을 가지지 않았다.

교주의 칼이자 도구인 암흑좌사 천도훈은 피비린내 나는
살인을 충분히 감당할 수 있었다.

살인 도구!

암흑좌사의 몸과 마음은 수련을 통해 살인에 최적화되어 있었다.

천도훈은 이한열이 사리사욕을 챙기면서 비열한 수단까지 서슴없이 행하는 비열한 인간이라는 것을 충분히 알고 있었다.

'나는 따뜻한 정을 느낄 수 있는 교주가 좋다.'

속세의 속된 일에 깊숙하게 발을 담그고 있어서인지 모르겠지만 천도훈은 이미 이한열에게 푹 빠져 있었다. 신성을 뿌리고 있는 이한열에게서는 진한 사람 냄새가 풍겼다.

속된 냄새가 너무 진해서 문제였다.

이한열은 좋은 관리가 아니었다.

이한열의 부정부패 저지르는 수준이 평이함을 뛰어넘어 혹리로까지 보일 정도였다. 자비롭지 못하고 무자비한 손속도 분명히 문제였다.

그러나 이한열은 자기 사람들을 물질적으로나 정신적으로 알뜰히 챙겼다.

'교주는 내게 먹구름 사이로 빛나는 구원의 별 같은 존재이다.'

성장하면서 겪은 아픔으로 인해 천도훈의 마음 한구석은 텅 비어 있었다. 감정 일부분이 결핍된 천도훈은 정상적이지 못한 정신세계를 가졌다.

"초씨세가에 있었던 것이 너희들의 불행이다."

찍! 찌익!

천도훈이 지풍을 뿜어내어 두 여인의 사혈을 강하게 점했다. 초씨세가에 있는 모든 생명체를 모조리 전멸시켜 버릴 작정이었다. 반 시진이면 초씨세가의 모든 사람과 생명체들을 처리할 수 있었다.

배교도들이 교주의 칼인 암흑좌사를 괜히 두려워하는 것이 아니었다.

스윽!

천도훈의 검이 초장원의 목을 단숨에 베어 버렸다.

스르르! 스르르!

침대 위에 붉은 피가 흘러나왔다.

초장원은 어떻게 죽는 지도 모르고 죽었다.

"교주의 은혜에 감사드려라! 생각 같아서는 죽지도 못하게 지하에 가둬 놓고 잔인하게 고문하고 싶은 마음이니까."

천도훈의 두 눈에 가공할 살광이 폭사됐다.

한 번 신도는 영원한 교도여야만 했고, 죽어서도 배교에서 빠져나갈 수 없었다. 배덕의 짓거리를 하는 교도들을 대상으로 배교에서는 가혹할 형벌을 내렸다.

휘익!

천도훈이 한 줌의 그림자가 되어 초씨세가의 곳곳으로 스며들었다. 그럴 때마다 생명체들이 사라져 갔다.

반 시진이 지나지 않아 도홍의 토호 가문이었던 초씨세가가 완벽하게 세상에서 지워졌다.

암흑좌사 휘하에 존재하고 있는 비밀스러운 형벌단 흑영대가 배교도들을 대상으로 감찰에 나섰다. 중대한 잘못을 저지른 자들의 수급을 잘랐고, 사소한 잘못에 대해서는 경우에 따라 주의를 강하게 주거나 단죄했다.

암흑좌사 천도훈과 흑영대의 활약으로 인해 배교의 순수함이 드높아졌고, 교리를 충실하게 따르면서 교주인 이한열을 신심으로 받들어야 한다는 목소리가 높아졌다.

배덕의 무리를 처단하는 암흑좌사의 이야기는 광적인 배교도들에게 미담이 되었다.

第九章

집마성

"정총의 움직임은 어떤가?"

"예상을 벗어난 움직임입니다. 혼란을 수습하면서 내부적으로 결속을 다지고 있습니다. 빠져나갔던 백도 명숙들이 적은 수이지만 다시 돌아가고 있다 합니다."

"음……."

집마성 넓은 회의실의 분위기가 무거웠다.

대전 안에는 집마성의 주요 수뇌부들과 사마외도의 거마들 등이 자리를 잡고 있었다. 그러나 권좌들 가운데에는 주인이 없는 자리도 많았다.

집마성의 중요한 일을 결정짓는 자리임에도 불구하고 참

석하지 않는 사람들이 많았다. 그만큼 집마성에 대한 책임
감이 없다는 반증이었다.

"태허도선 허무영은 정총을 수습할 능력이 없는 작자 아
니었나?"

"조정에서 파견된 문화전대학사 이한열의 도움이 컸던
걸로 파악됐습니다."

"조정에서?"

"네. 황실에서 정총에 힘을 실어 줬습니다."

"빌어먹을!"

"혼란을 수습할 경우 정총이 어떤 움직임을 보일 것 같은
가?"

"정총의 칼날이 우리 집마성을 비롯한 준동하는 사마외
도들에게 향할 것으로 판단됩니다."

군사의 보고에 모여 있는 사람들이 일순간 말을 잊어버렸
다. 심지어 너무 놀란 나머지 얼굴이 하얗게 질려 버린 사람
도 있었다.

"정말 큰일이로군."

"정총이 힘을 발휘하게 되면 곤란해."

"곤란하게 됐어."

모인 사람들은 모두 정총의 무서움을 경험해 본 산중인들
이었다. 심지어 정총의 서슬 퍼런 기세에 짓눌려 산속에 숨

어 비굴하게 지내기까지 했다.

"정총의 소란스러움을 잠시뿐, 늘 그랬듯이 칼날을 사마외도들에게 정 조준할 것은 뻔합니다. 그리고 종국에는 우리 집마성을 향해 이빨을 드러낼 겁니다."

단호한 어조로 이야기하는 군사 사파제일두뇌 사도천이다. 사악하기로 따지자면 결코 남에게 뒤지지 않았다.

평소 부드러운 성격이지만 일에서만큼은 냉철하다.

집마성이 나아갈 방향을 정하는 데 있어 가장 큰 역할을 하고 있으며, 집마성의 핵심 두뇌라고 해도 과언이 아니다.

그의 분석은 정확했다.

"정총의 공격에 대한 비책은 있는가?"

"집마성이 많이 컸다고는 하지만 아직은 부족한 실정입니다."

사도천이 사파 최고의 두뇌를 자랑한다고 하지만 없는 전력을 만들어 낼 수는 없다. 정총의 혼란이 없다면 집마성이 홀로 생존한다는 건 불가능이다.

혼란을 수습하면서 하나로 결집된 힘을 보여 주려는 정총과 이제 막 등장한 주제에 모래알처럼 흩어져 있는 집마성을 같은 위치에 둔다는 건 우스운 이야기일 뿐이었다.

"시간을 끌면서 버틸 수는 있지만 종국에는 패배할 수밖에 없습니다."

사도천이 확언했다.

일리가 있다고 생각한 몇몇 사람이 고개를 주억거렸다.

그러나 대다수 거마들이 불쾌함을 드러냈다.

"그게 군사가 되어서 할 말인가?"

"사파제일두뇌라는 말이 아깝다."

손가락질을 하거나 사기를 노골적으로 드러내는 거마들도 보였다.

"현재 상황에서 패배가 확실하다는 말입니다. 전쟁에 있어 가장 중요한 게 무엇인 줄 아십니까? 일치단결입니다. 여러분들이 하나로 뭉친다면 정총이라고 해도 무섭지 않습니다. 집마성의 모든 힘이 하나로 결집된다면 결코 정총에 비해 밀리지 않는다고 생각합니다. 가지고 있는 모든 힘을 숨기지 않고 집마성에 맡길 수 있습니까?"

사도천이 좌중을 둘러보면서 강하게 이야기했다.

사마외도의 전체적인 힘은 결코 약하지 않다.

다만, 마도인과 사파인들이 저마다의 이익을 극단적으로 추구하는 경향이 강해 일치단결을 하지 못한다는 점이 문제였다.

사마외도인들이 정총에 대한 피해 의식과 함께 소요서생의 작품에 영향을 받아 집마성을 만들기는 했지만 여전히 모래알처럼 서걱거리는 중이었다. 문제는 이들의 어색하고 불편한 관계는 개선될 기미가 보이지 않는다는 점이다.

사도천이 집마성의 문제를 통렬하게 지적했다.

"유령천존께서는 유령귀갑대를 집마성의 직속전투단으로 보내 주실 수 있겠습니까?"

유령귀갑대는 정총에서도 항상 감시를 게을리하지 않을 정도로 강력한 전투력을 지니고 있는 부대였다. 그런 부대의 합류는 집마성의 전력 상승에 커다란 도움이 됐다.

"흠! 아직 정총의 혼란이 수습된 것은 아니지 않은가? 쉽게 정리할 수 있는 것이 아니야. 일단 지켜보세나."

유령천존이 대답을 회피했다.

그는 오랜 시간 힘들게 만들고 유지시켜 온 유령귀갑대를 집마성에 넘기고 싶은 마음이 눈곱만치도 없었다. 설령 집마성이 망한다고 해도 그 마음은 변치 않았다.

"지옥역혈수라님의 일당백을 자랑하는 지옥혈강시들을 집마성에 넘겨주실 수 있겠습니까?"

지옥역혈수라는 강시 제조에 있어 상당히 높은 위치에 있는 사람이다.

칠십 년 전 어린 남녀아이 천 명을 잡아다가 지옥혈강시를 제조하는 와중에 정총에게 걸려 무림 공적으로 낙인찍혔다.

놀라운 무공과 함께 당시 제조했던 지옥혈강시들의 활약

으로 인해 정총의 천라지망에서도 살아남았다.

지옥혈강시의 대장인 한 구는 생강시였다.

강시!

강호 무림에는 수많은 강시들이 있다.

사마외도 문파들이 보유하고 있는 강시들은 살아서 움직이는 시체들을 말한다. 시체이기 때문에 이지를 상실한 상태에, 움직임이 자연스럽지 못하고 뻣뻣하다는 단점이 있다.

그렇지만 생강시는 다르다.

강시의 단점을 지워 버린 생강시는 살아 있는 사람처럼 스스로 생각하고 움직임도 자연스럽다. 최소한 화경의 고수만큼 능력을 발휘하기 때문에 강호 무림에서 공포의 존재로 알려져 있다. 분명히 커다란 장점을 가지고 있지만 복잡한 제작 과정과 엄청난 제작 비용, 그리고 높은 실패율 등이 문제이다.

사마외도 문파들 가운데 생강시를 보유하고 있는 곳은 한 손가락에 꼽을 지경이다. 지옥역혈수라는 개인의 신분으로 생강시를 보유하고 있는 유일한 존재였다.

지옥역혈수라의 생강시인 역혈생강시는 위력과 악명이 드높다.

팔락! 팔락!

그의 오른팔 소맷자락이 창문을 타고 들어온 바람에 흔들리고 있었다. 정총의 천라지망에서 빠져나오기는 했지만 우수를 잃어버렸다.

"지옥혈강시들은 내 자식들이나 마찬가지. 집마성에 넘길 수는 없다."

지옥역혈수라가 사도천의 제안을 일언지하에 거절했다.

정말로 애착을 가지고 제작한 지옥혈강시들이었기에 집마성에 넘겨줄 수 없었다. 그리고 지옥역혈수라는 지옥혈강시들이 옆에 있을 때 비로소 강력한 존재였다.

"손발이 제대로 움직이지 않고 있기에 정총과의 싸움에서 진다고 하는 겁니다."

사도천의 이야기가 옳았다.

분명히 하나로 결집하지 않으면 정총에게 패배한다는 걸 모인 모두가 알았다. 하지만 안다고 해서 할 수 있는 것이 아니었다.

그들은 나만 아니면 된다는 뼛속까지 이기적인 사마외도인의 심성을 가지고 있었기 때문이었다.

"흠! 이곳의 분위기는 나랑 잘 맞는군."

집마성의 회의실이 내려다보이는 허공 위에 둥실 떠 있는 이한열이었다.

그의 옆에는 천도훈이 나란히 떠 있었다.

"자네의 생각은 어떤가?"

"사마외도인들의 한계입니다."

천도훈은 갑작스러운 집마성 방문에 긴장해 있었다.

"편하게 얘기해도 되네. 아직도 그게 잘 안 되는 모양이군."

"……."

이한열의 나지막한 말에 천도훈이 침묵했다.

편하게 지내고 싶은 마음이 있는 것도 사실이었지만 점점 성장해 나가는 이한열을 볼 때마다 턱하니 숨이 막히는 느낌을 받고는 했다. 그렇기에 이한열을 감히 편하게 대할 수 없었다.

"사마외도의 사람들은 이기적이야."

"그 정도밖에 되지 않은 인간들입니다."

"그것이 아니야. 사람은 본성적으로 이기적이지. 다만 살아가면서 사회적 규범에 길들여지면서 본인도 어쩔 수 없이 질서를 따르게 돼."

"그렇게 볼 수 있기도 합니다."

"내가 저들을 보면서 느끼는 감정이 뭔 줄 아나?"

"잘 모르겠습니다."

이한열이 고개를 들어 하늘로 시선을 옮겼다.

푸른 하늘 위에 흘러가는 하얀 구름이 자유로웠다.

"자유롭다는 느낌을 받아."

"천방지축인 건 맞습니다."

"사람이 정해진 대로만 살아간다는 건 너무나도 힘든 일이야. 자네라면 내 말이 무슨 뜻인지 알아들을 수 있겠지."

"숙명 아니겠습니까?"

"숙명이라! 요즘 들어 그 숙명이 자꾸 작게만 느껴져서 문제야."

이한열이 가볍게 말했다.

신성을 가지게 되고, 혈마를 만나고 난 뒤 비약적으로 성장하게 되면서 인간의 틀을 어느 정도 벗어던지게 됐다. 인간의 한계를 뛰어넘어 신적인 존재로 발전해 나갔다.

"……."

천도훈이 숨을 죽였다.

숙명을 뛰어넘어 간다는 이힌열의 말에는 결코 가볍지 않은 의미가 담겨져 있기 때문이었다. 인간이 아닌 그 이상의 존재를 바라보는 경건함과 존경심이 두 눈 가득 실려 있었다.

이한열은 천도훈에게 있어 신비스럽고 신성한 존재였다.

"나는 사마외도인들을 저 하늘의 구름처럼 자유로운 존재들이라고 봐!"

"네? 너무 높이 평가하시는 것 아닙니까?"

"시커먼 먹구름이 되어 세상에 폭우를 쏟을 수도 있고, 새하얀 구름처럼 자유롭게 나아갈 수도 있지."

"구름이라고 해도 결국 바람에 의해 일정한 영향을 받지 않습니까?"

"맞아. 그리고 저 사마외도인들에게 내가 바람이 되려 하고 있지."

이한열이 싱긋 웃었다.

구름은 분명 자유스럽지만 바람에 의해 방향이 좌지우지된다. 바람의 영향마저도 싫다고 하지만 자연의 법칙에서 벗어나지는 못했다.

"사마외도인들은 근본적으로 자유롭다고 했는데 가능하겠습니까?"

천도훈이 물었다.

사마외도인들은 근본적으로 강제적인 명령과 옭아매는 구속을 싫어한다. 그렇기에 집마성이라는 거대한 단체를 만들어 놓고도 여전히 일인자인 성주를 세우지 못하고 있었다.

"책을 집필해서 왔잖은가?"

이한열은 집마성에 오기 위해 많은 공을 들여 신작을 집필했다. 천도훈에게 부탁해서 신작 '절맥단근'에 삽화도 삼십 장이나 추가하였다.

"그것이 대책이 됩니까?"

집마성의 거마들을 회유하기 위해 왜 소요서생의 작품이 필요한지 천도훈은 이해를 할 수가 없었다.

"후후후! 지금부터 그 대책을 실행해 보자고."

이한열이 웃으면서 기운을 뿜어냈다.

후우우우우! 후우우우우!

청명한 바람 소리와 함께 푸른 기운이 이한열의 전신을 뒤덮기 시작했다.

이한열의 변화를 본 천도훈이 암흑연무를 시전하였다.

휘이이! 휘이이이!

천도훈의 몸이 검은 안개에 뒤덮여서 보이지 않게 됐다.

*   *   *

"음!"

"뭐지?"

"가공할 기운이다."

모여 있던 거마들의 시선이 일제히 창문 밖의 허공을 응시하였다. 갑작스럽게 집마성의 심장이라고 할 수 있는 지근거리에서 등장한 두 개의 거대한 기운 때문에 놀란 표정이 역력했다.

휘익!

휘이익!

창문을 통해 푸른 안개와 검은 안개 덩어리가 대전 안으로 들어왔다.

"웬 놈이냐?"

"멈춰라."

"비성암도!"

"칠성추혼!"

갑작스러운 침입에 놀란 거마들 가운데 일부가 다짜고짜 출수했다. 심상치 않은 기운을 느끼고 있었기 때문에 전력을 다 기울였다.

스팟!

휘익!

영롱하게 빛나는 강기 공격들이 푸른 안개와 검은 안개를 꿰뚫기 위해 난무했다.

강한 힘이 실려 있는 공격들이었다.

거마들이 강기 공격의 구 할을 검은 안개에 집중시켰다. 위협적인 존재가 검은 안개라 생각하고 있었기 때문이었다.

반짝이는 강기들이 금방이라도 송곳처럼 검은 안개를 꿰뚫으려고 했다. 그럼에도 불구하고 검은 안개는 어떠한 반응도 보이지 않았다.

파파팟! 파파팟!

푸른 안개에서 수십의 기운들이 튀어나왔다.

사방에서 쇄도하고 있는 강기들을 향해 넓적하면서 평평한 물체가 막아 갔다.

파라락! 파파라락!

파라라락! 파라라라락!

강기 공격들은 요란한 소리와 함께 허무하게 사라져 갔다.

"이럴 수가⋯⋯."

"책이다."

"책 종이로 저 많은 강기를 막아 내다니⋯⋯."

강기를 막은 물체의 정체를 알아낸 거마들이 경기를 일으켰다.

쉽게 찢어지는 종이에 진기를 불어넣어 강기를 막아 낸다는 건 쉽지 않은 일이다.

책의 종이 각각에 강기를 만들어 낸다는 건 하늘의 별을 따는 것처럼 어렵다.

"종이 한 장은 하나의 검이나 마찬가지야!"

"아니다. 비교할 수 없어. 종이는 검으로 검강을 펼치는 것보다 더욱 어려워."

"적어도 열 배는 어렵다고 볼 수 있지."

"책이 무척 두툼해. 책장이 넘어갈 때 보니까 수백 장으로 엮여져 있어."

이한열이 뿌린 책들은 수백 장으로 이뤄진 두툼한 책이었다. 그런 책의 종이가 각각 강기로 영롱하게 빛을 뿌려 댔다.

이른바 수백 개의 검이 일제히 검강을 뿌려 대는 것과 똑같았다.

"이것이 가능한 일이란 말인가?"

"음! 불가해의 경지로다."

"감히 대적할 수 없는 절대자의 등장이구나."

거마들이 까무러칠 정도로 놀랄 수밖에 없었다.

어떤 수작도 통하지 않는다는 걸 깨달은 사람들이 잔뜩 긴장한 기색이었다.

감히 상상할 수 없는 놀라운 광경 앞에서 더 이상 반항하지도 못했다.

휘이익!

강기를 막은 책들이 천천히 허공을 날아 거마들의 앞에 둥실 떠올라 있었다.

"절맥단근?"

"고문수법이잖아!"

"우리들을 고문하겠다는 이야기인가?"

고문 수법들 가운데에서도 악질적인 방법이라고 알려진 책의 제목을 보면서 거마들이 발끈하였다.

"음! 많이 익숙한 필체인데……."

그 가운데 거마 한 명이 글의 필체에 집중하였다.

"그런가? 나도 눈에 익어."

"소요서생의 필체다."

단포철삼 광한수가 부르짖었다.

소요서생의 열렬한 애독자인 그는 옷을 신병이기처럼 사용하는 전대 사파 십대고수 가운데 한 명이었다. 산에 은거하면서 은인자중하고 있다가 소요서생의 낭인장고를 읽고서 세상에 모습을 드러냈다.

소요서생의 작품이라면 빼놓지 않고 읽었고, 막대한 거금을 들여서 소요서생의 친필 작품까지 구입하였다.

"소요서생의 절맥단근이라는 작품은 들어보지 못했다."

"가짜다. 지금까지 소요서생이라고 한 작자들 가운데 진짜는 한 놈도 없었어."

거마들 가운데에는 여전히 의심의 눈길을 거두지 않은 사람들이 있었다. 그도 그럴 것이 지금까지 소요서생이라면서 집마성에 모습을 드러낸 자들도 수십 명이었다.

"용이 날아갈 듯한 용사비등한 필체에 담겨져 있는 힘은 다른 사람들이 결코 따라할 수 없어."

"보는 순간 소요서생의 작품이라는 걸 알 수 있었어."

광한수를 비롯한 소요서생의 애독자들이 진품이라면서 힘을 실어줬다.

"진짜다."

"봐! 삽화도 있어. 예전에 봤던 삽화가의 기운이 똑같아."

"틀림없이 소요서생의 작품이야. 글과 그림이 일치한다."

책을 대하는 장내의 분위기가 소요서생의 진품이라는 쪽으로 힘이 실렸다.

집마성의 수뇌부들 가운데에는 소요서생을 좋아하는 애독자들이 많았다.

"소요서생이라고 하외다."

이한열이 정체를 밝혔다.

"진실이오?"

"작가는 글로 말하는 법이외다. 그렇기에 새로 집필한 책을 가지고 찾아왔소이다."

무슨 말이 더 필요한가?

작가는 글로 말하는 법!

글을 보고서도 믿지 못하면 그건 애독자라고 할 수 없었다.

"얼굴을 보여 주실 수는 없소이까?"

"사정에 의해 진면목을 보이지 못하는 점 양해 부탁드리오. 소요서생은 처음부터 끝까지 신비인으로만 남아 있을 것이외다."

이한열은 소요서생이라는 사실을 밝힐 생각이 없었다. 언젠간 시간이 되면 조정으로 복귀할 예정이었다. 창작 활동이 밝혀지게 되면 관리 생활을 함에 있어 여러 불편함이 생겨나게 된다.

"소요서생이 절대적인 고수였다니……."

"당연하지. 책을 읽을 때마다 절대적인 무학을 전파하는 걸 보고 나는 일찌감치 짐작하고 있었어."

"웃기고 있네. 기연을 접해 보겠다고 옆구리에 끼고 살던 건 알고 있다."

"네 이야기냐? 네 책에 침 흘린 자국이 있는 걸 본 적이 있다."

장내가 어수선해졌다.

"옆의 사람은 누구입니까?"

"제가 믿을 수 있는 왼팔과도 같은 존재입니다."

"그렇군요."

"정체를 밝히지 않고 신비로만 남는다면서 집마성에는 어쩐 일입니까?"

"좋은 질문입니다."

이한열이 눈빛을 빛냈다.

스팟!

파란 안개 너머에서 번쩍이는 안광을 접한 집마성의 수뇌부들이 바짝 긴장했다.

"집마성의 설립에는 저 역시 외부인이라고 할 수 없다고 생각합니다."

"맞는 말이오."

"중요한 역할을 해냈지요."

"집마성에서 소요서생을 빼놓을 수는 없습니다."

이한열의 말에 모든 수뇌부들이 동의했다.

좋고 나쁜 의미를 떠나서 소요서생이 있었기에 집마성이 탄생할 수 있었다.

집마성은 소요서생 작품에 등장하는 가상의 단체 이름이었다. 그런데 그것이 강호 무림에 현실이 되어 나타나게 됐다.

작품의 위대함을 인정한 사마외도들이 소요서생에게 바치는 공물이기도 했다.

"집마성이 파탄으로 치달을 가능성도 있기에 직접 찾아왔습니다."

이한열의 목소리에는 힘이 실려 있었다.

"음!"

"그것은 아직 실현되지 않은 이야기일 뿐입니다."

집마성의 수뇌부들이 심각한 표정을 지었다. 언젠가 찾아올 미래를 애써 외면하려는 사람들도 있었다.

"정총을 살펴보고 있는데, 근래 들어 정총의 혼란이 빠른 속도로 정돈되고 있습니다. 상당히 정교한 체계를 따르고 있기 때문에 반 년 안에 정총은 재정비를 마칠 수 있다고 판단됩니다. 그리고 그 힘이 차후에 한곳을 향해 달려올 것이라는 확신이 듭니다."

"그 한 곳이?"

"여러분도 아실 겁니다. 바로 여기 집마성입니다."

이한열이 확언했다.

그의 견해는 사파제일두뇌 사도천과 일치하였다.

"마도인 그리고 사파인으로 자유롭게 살아가려면 어떻게 해야 합니까?"

사도천이 물었다.

"정파와의 잦은 마찰은 사마외도의 길을 걷는 사람들의 숙명입니다. 그런데 요즘 살펴보면 사마외도인들은 자유를 누리는 건 좋아하는데, 여유를 잃어 가는 모습입니다."

"여유라니, 무슨 의미입니까?"

"한 마디로 자신감이 없습니다. 정총의 등장 이전의 사마외도인들은 죽으면 죽었지 비굴하게 살지는 않았습니다."

출신 성분이 마도와 사파라고 해서 모두가 나쁜 건 아니다.

마도인들은 질서에 얽매이지 않고 패도적으로 살아가는 마웅들이었다. 그들은 하늘을 지붕 삼아 천지를 마음껏 활보한다.

그리고 사파인들은 삶을 힘들이지 않고 살아가려 하는 건달과 비슷하다. 땀 흘리면서 건실하게 살아가지 않고 거짓과 사이한 속임수로써 이득을 챙기는 데 급급하다. 그러면서 이득과 관계되지 않은 일에는 철저하게 무심하다.

마도와 달리 힘으로 남을 억누르거나 괴롭히는 걸 선호하지 않고, 사이한 방법을 선호한다.

하지만 사마외도인들은 하늘과 통달한 자유스러움이 있다. 그 자유스러움에 심취하게 되면 사이하지 않고 진정으로 속세의 잔망스러움에서 벗어날 수 있다.

마도와 사도에도 드높은 도가 존재한다.

"음!"

"자신감이라!"

"정총이라는 이름 앞에서 모든 걸 드러낼 자신감이 없었지."

집마성의 모든 사람들이 큰 충격을 받았다.

그들은 오랜 세월 동안 정총의 거대한 힘에 짓밟혀오면서 알게 모르게 두려워하고 있었다.

"비록 남들이 사마외도인이라고 손가락질을 하고 있다 하지만 그동안 우리는 우월감을 가지고 있었습니다. 그런데 지금 그 우월감은 어디에 있습니까?"

이한열이 사마외도인들의 패배감에 비수를 날렸다.

"그런 시절이 있었지."

"사파인이라는 사실에 자부심을 가지고 천하를 종횡하던 좋은 날이 있었어."

"마인으로 마음껏 살던 때가 좋았지."

침통한 표정의 사마외도인들이 과거를 회상했다.

좋았던 옛날 일을 떠올리는 일부 사마외도인들이 희미한 미소를 지었다. 선배와 부모들에게 마도와 사도의 좋았던 날을 들었던 사람들은 다시 그런 날이 오게 되기를 간절하게 희망했다.

"중원 마도와 중원 사도는 결코 약하지 않습니다. 마도와 사도가 힘을 하나로 모으면 정총을 뒤집어엎고도 남습니다. 그때는 집마성이 천하를 지배하는 날이 되겠지요."

이한열이 사마외도인들의 가슴에 불을 지폈다.

"우리가 할 수 있을까요?"

"집마성이 세상에서 우뚝 설 수 있도록 도와주시겠습니까?"

화려했던 과거를 접고 다시금 비굴했던 시절로 돌아가고 싶은 마음이 없는 사마외도들의 눈길이 뜨거워졌다.

슥!

이한열이 고개를 끄덕였다.

푸른 안개가 출렁이면서 그런 사실을 여실히 보여 줬다.

"다시 말씀드리자면 집마성의 목표는 마도와 사도를 걷는 사람들의 자유로운 세상 활보입니다."

"저희가 원하는 바가 바로 자유로운 세상입니다."

"좋은 날이 오기를 바라고 있습니다."

이한열의 말에 남의 눈치를 보지 않고 자유롭게 살고자 하는 사마외도인들이 열광했다.

"집마성의 강력한 힘을 세상에 보여 줄 수 있다면 싸우지 않고도 사마외도인들이 자유롭게 세상을 활보하게 만들 수 있습니다. 그것이 가능할 수 있도록 여러분들의 힘을 모아 주십시오."

이한열이 말하고자 하는 바는 사파제일두뇌 사도천의 이야기와 다른 바가 없었다.

다만 세 치 혀를 움직여서 노회한 거마들의 마음을 휘어잡았다.

'무섭다. 소요서생은 사람을 선동하는 데 있어 천부적인 자질을 가지고 있다.'

사도천이 이한열을 두려워했다.

사악한 두뇌를 가지고 있는 사도천이라고 해도 이한열처럼 능수능란하게 세 치 혀를 움직여서 사람들의 마음을 조종할 수는 없었다.

가만히 이한열의 이야기를 듣고 있던 사도천은 마치 빨려 들어갈 것만 같았다.

사도 제일 두뇌라고 알려진 사도천까지 이한열에게 휘둘릴 정도였으니 다른 사람들은 말할 것도 없었다. 이미 홀딱 빠져들고 말았다.

"유령기갑대를 집마성 소속으로 하겠습니다."

"지옥혈강시 전부인 일 백을 집마성에 바치겠습니다."

유령천존과 지옥역혈수라가 자진해서 비장의 전력을 집마성에 넘기겠다고 천명했다. 그들을 뒤이어 다른 사람들도 비장의 수로 가지고 있던 힘들을 모두 집마성에 투입하겠다고 이야기했다.

"믿고 맡겨 주신 여러분들의 소중한 전력들은 어디까지나 집마성이 직접 공격을 받았을 때만 사용하겠습니다."

"소요서생님을 믿습니다."

"이번 기회에 비어 있는 성주 자리에 소요서생을 올립시다."

"옳소!"

"동의합니다."

수뇌부들과 거마들이 자청해서 소요서생을 집마성의 일인자 자리인 성주에 올리겠다고 난리쳤다.

들불처럼 일어난 이야기에 의해 회의장의 분위기가 후끈 달아올랐다.

사람들은 이한열이 사마외도인들을 위하는 마음일 거라고 철석같이 믿었다.

"제가 어떻게 성주 자리에 오르겠습니까?"

"소요서생님을 빼고는 어느 누구도 집마성의 일인자 자리에 오를 수 없습니다."

"부디 성주에 올라 주십시오."

수뇌부들이 고개를 조아려 가면서 간절하게 부탁했다.

뭉클! 뭉클!

고심하고 있다는 걸 보여 주기 위함인지, 푸른 안개가 출렁거렸다.

"집마성은 지금 위기 상황입니다. 위기를 타파할 때까지만 성주 자리에 있겠습니다. 그리고 여러분들이 싫다고 하시면 자리에 연연하지 않게 언제라도 물러나겠습니다."

마지못해 이한열이 성주 자리에 오르겠다고 천명했다.

"와아아! 소요서생 만세!"

"집마성 성주! 만세!"

"우리에게도 드디어 성주님이 생겼다."

집마성의 수뇌부들이 환성을 지르면서 기뻐했다.

몇 마디의 말과 함께 이한열이 실질적으로 집마성을 움직일 수 있는 힘을 손에 쥐었다.

第十章
천하 무림 대회

천하 무림 대회!

강호 무림이 천하 무림 대회 개최 이야기로 가마솥처럼 들 끓어 올랐다.

그동안 정총의 주도로 십 년에 한 번씩 천하 무림 대회가 열리기는 했지만 반쪽이나 삼분의 일인 백도만의 축제에 불 과했다.

그렇지만 이번 천하 무림 대회는 진정 이름에 어울리게 정 사마를 대표하는 단체와 무림인들이 참여하겠다고 공언했 다.

항주에서 열리는 천하 무림 대회에 있어서 정총과 마교, 혈마교, 집마성 네 곳이 공동으로 주도하기로 합의를 보았다. 암중에 있는 배교를 제외하고 사대 세력이 전부 천하 무림 대회에 관련되어 있었다.

정사마가 모두 합류하는 천하 무림 대회가 개최된 적은 무려 삼백 년도 더 된 이야기다. 마교와 혈마교의 참여까지 확정되어 있기에 모든 무림인들이 진정한 강호 무림의 축제라고 받아들였다.

마교에서는 마교 몰락 이전에는 중원에 나서지 않는 원로들까지 천하 무림 대회에 참여한다고 하였고, 혈마교에서는 혈황을 제외한 서열 십 위까지의 초강자들이 모두 천하 무림 대회의 대결에 나섰다. 정총과 집마성에서도 전대기인과 후기지수들이 앞다퉈 비무에 나서겠다고 천명했다.

천하 무림 대회의 개최로 인해 강호 무림이 후끈 달아올랐다.

"천하 무림 대회가 열린다."

"마교의 원로들이 나선다니! 이건 생각할 수도 없는 일이야."

"오랜 세월 침묵하고 있던 혈마교가 강호에 모습을 드러냈다."

"강호의 전설들이 천하 무림 대회에서 부딪치는 거야!"

"정총에서도 구파일방의 장로들을 비롯한 은거고수와 백도 명숙들을 내보낸다고 한다."

"집마성에서 사파인들이 제대로 된 힘을 보여 주겠다고 이번 천하 무림 대회를 잔뜩 벼르고 있어."

"정말로 기대가 돼!"

"항주로 가자"

무림인의 대규모 이동이 시작됐다.

강호 무림의 엄청난 무림인들이 이번 천하 무림 대회를 보기 위해서 움직이고 있었다. 항주로 몰려들고 있는 무림인들의 숫자가 어마어마했고, 점차 늘어 가고 있었다. 항주에 있는 주루와 민박집들이 모두 꽉꽉 들어찼고, 들판에는 천막이 들어서기까지 했다.

정총의 주도로만 이뤄지던 강호 무림에 정사마의 소통이 되기 시작하였다.

강호 무림은 다리가 세 개인 솥과 같다.

다리가 하나만 떨어져 나가도 솥은 휘청거리면서 내용물을 쏟아 내기 마련이다. 다리가 세 개여야만 안정적으로 유지된다.

천하 무림 대회를 관람하거나 참석하기 위해 몰려든 중원 무림 세 개의 기둥인 정사마의 무인들이 저마다의 목소리를 냈다.

"이번 대회 우승자는 백도에서 나온다."

"웃기는 소리! 마도에서 칼을 갈고 나왔다. 마도의 진정한 힘을 네놈이 알게 되면 똥오줌을 질질 싸게 될 거다."

"그 똥오줌 네놈이 싸면 아주 재미있겠구나."

"죽고 싶냐?"

"말로만 떠들면 다 이뤄진다고 하더냐?"

"좋은 주먹 놔두지 말고, 덤벼라!"

두 명의 무인이 치열한 논쟁 끝에 주먹다짐을 벌였다. 그러면서 그동안 쌓아 뒀던 분노와 서러움, 원한 등을 상대방에게 풀어냈다.

"제법 싸우는군."

"네놈이야말로 실력이 뛰어나구나."

"술이나 한잔하자."

"내가 사겠다."

삼류에 불과한 마도인과 백도인이 코피를 질질 흘리면서

도 서로를 추켜세웠다. 그 모습이 무척이나 웃겼다.

이들의 경우는 좋게 끝난 경우고, 한쪽에서는 원수와 원수가 만나 칼부림을 하는 사태까지 벌어졌다. 한쪽에서는 축제의 장이었지만, 또 다른 곳에서는 죽음의 장이 펼쳐지기도 했다.

삶과 죽음이 공존하는 이곳이 바로 강호였다.

"치고받고 싸우면서 정이 드는 것이지."

이한열이 항주를 돌아다니면서 강호의 진정한 자유스러움을 만끽했다. 천하 무림 대회를 강호 전체적인 축제의 장으로 만들 작정이었다. 그렇기에 혈마교와 마교, 정총, 집마성에 천하 무림 대회 개최에 적극적으로 협력하도록 이야기를 해 뒀다.

삼백 년 만에 제대로 개최되는 천하 무림 대회는 바로 이한열의 작품이었다.

"강호는 흐르는 물과 같다. 고여 있으면 고약한 냄새를 내면서 썩어 버린다. 정총이 지배하던 시기 중원 무림은 정체되어 있었다."

정총의 평화로운 시기가 너무 길었던 것이 문제를 야기했다. 그 문제로 인해 정사마 모두에게 피해가 발생하였다.

정총이 무림을 지배하던 시기가 백도에게 축제의 시간이라고 생각할지 몰라도 그건 결코 아니었다. 백도는 속으로 곪아 가고 있었다. 그리고 그 곪은 부분을 도려내기 위해서는 정총의 전성기 시절보다 훨씬 더 많은 시간을 보내야만 정화가 가능했다.

한 번 오염된 백도는 소위 구린내가 폴폴 났다.

불교의 성지인 소림사까지 정총에 의해 오염됐고, 자유롭게 세상을 떠도는 거지들의 문파인 개방이 세파에 찌들어 흔들리고 있었으며, 도교 문파인 화산파까지 부정부패와 비리가 만연해 있었다.

"오염된 백도에 의해 마도와 사파는 찌그러질 대로 찌그러졌지. 청정한 백도였다면 사마외도들을 비참할 정도로 몰아붙이지는 않았을 것이다."

외골수로 치달은 백도로 인해 사마외도들은 일그러질 대로 일그러졌다. 엄청난 피해를 입었기에 예전의 전성기로 찾기 위해 많은 시간과 노력이 필요했다.

그렇지만 이미 지나간 과거를 붙잡고 하염없이 불평불만만 터트리는 건 문제 해결에 아무런 도움이 되지 않는다.

"중원 무림은 서로 소통을 해야 한다."

이한열이 천하 무림 대회를 통해서 얻길 원하는 건 바로 정사마 사이의 원활한 소통이었다. 그것이 건전한 대화가 되었든, 피를 부르는 칼부림이 되었든 상관은 없었다.

이한열의 생각에 동의한 사대 세력은 천하 무림 대회에 적극적인 협조를 약속했다. 그들 역시 천하 무림 대회의 필요성을 크게 공감하고 있었다.

"천하 무림 대회는 이제 나와는 상관이 없지. 강호는 살아 있는 생물과도 같아 흘러가는 대로 놔둬야만 해. 억지로 방향을 비틀려고 하다가는 오히려 화를 입게 된다."

이한열은 자신의 역량과 주제에 대해서 잘 알고 있었다. 강호일통을 이뤄 낸 건 참으로 기적이나 마찬가지라고 생각했다.

"나름대로의 강호일통을 이룰 수 있었던 건 어디까지나 특수한 상황에서 이득을 챙겼을 뿐이야."

그가 지나온 날들을 떠올리면서 스스로 자평했다.

물론 그 과정에서 할 수 있는 일은 하고 있었다.

모사재인 성사재천이라!

할 수 있는 일을 모두 다 하고 난 뒤 하늘에 맡길 뿐이다.

강호 무림의 사정과 사람들과의 인연 등이 엮이고 뭉치면서 하늘이 이한열에게 힘을 실어 줬다. 어느 것 하나 부족하였다면 강호일통은 결코 이뤄낼 수 없었다.

"계속해서 장난질을 하다 보면 몰락하던 정총 꼴이 날 뿐이야. 강호 무림은 어마어마한 힘을 가지고 있는 괴물 그 자체니까."

이한열은 강호 무림의 가공할 힘에 대해서 경계하고 있었

다. 비록 지금 천하제일의 힘을 가지고 있었지만 강호에는 신
비 세력과 신비인, 은거 고수들이 즐비하였다.

장강의 앞 물결은 뒷 물결에 의해 흘러가게 된다.

비록 지금 이한열이 가장 앞에서 위력을 뽐내고 있었지만
시간이 흐르면 밀려나게 마련이다. 이런 진리는 역사가 증명
해 주고 있다.

저벅! 저벅!

이한열이 한가롭게 천하 무림 대회로 북적거리는 항주를
거닐었다. 수많은 사람들 틈바구니에서 움직이면서 사색을
이어 나갔다.

옷깃만 스쳐도 인연이라고 했다.

많은 사람들이 모여든 항주를 거닐다 보면 다른 사람의
옷자락과 몸이 스칠 때가 종종 생겨났다. 절륜한 공부를 발
휘해서 피할 수도 있었지만 이한열이 자연스럽게 사람들과의
접촉을 받아들였다.

팔락! 팔락!

스걱! 스윽!

선비가 아름다운 풍경의 산과 호수 옆에 집을 짓고 음풍농
월하는 것처럼 이한열은 사람들과 함께 호흡하면서 즐거움
을 만끽했다.

자연이 아닌 세속에서 더욱 빛나는 이한열이었다.

저벅! 저벅!

사람들의 틈바구니를 거닐면서 이한열이 조용히 깊은 명상에 빠져들었다. 심연 속으로 빠져들어 가면서 스스로의 내면을 살폈다.

강호에 나와 얻은 공부들 가운데에는 광기와 혼돈 등 가지고 있으면 인간으로서 혼란스러워할 것들이 있었다. 시시각각 사람을 미치게 만드는 기운들로 인해 번뇌를 겪기도 했다. 지금도 심신을 병들게 하고 망가뜨리려고 야차처럼 날뛰었다.

강해지고자 앞만 보고 급속하게 달려온 부작용이기도 했다.

저벅! 저벅!

걸음과 함께 가지고 있던 허물들을 하나둘씩 내려놓았다. 허물들에는 강력한 번뇌와 함께 그에 어울리는 거력들이 녹아 있었다.

내려놓는다는 건 쉽지 않았다.

이한열의 전력이 일시적으로 약화되기 때문이어었다.

투욱! 툭!

마음에서 벗어던진 짐 덩어리들이 땅바닥에 떨어졌다.

이한열의 마음에서 소리가 울렸다.

'비우자. 비워야 채울 수 있다.'

이한열은 번뇌와 혼돈으로 꽉꽉 채워진 마음에 여백을 두려고 하였다. 지우면서 잠시 약해질 수는 있지만 결국 더 커질 수 있다는 걸 잘 알았다.

스르르르! 스르르르!

몸과 마음에서 번뇌와 혼돈 등이 사라지면서 이한열의 기세가 약화됐다. 내려놓으면서 약해지고 있다는 반증이었다.

'이 보 전진을 향한 일 보 후퇴이다.'

마음으로 깊이 침전해 들어간 이한열의 눈빛이 심유해졌다. 눈빛에 일렁이던 광기들이 점점 희미해져 갔다.

길 위에서 이한열이 자신에 대해 깨우치면서 세상을 알아갔다. 두 눈 가득 들어오는 세상과의 인연을 깊이 체득하면서 대자연에 무한하게 빠져들었다.

번뇌와 속박에서 벗어나서 근심이 없는 편안한 심경에 이르는 열반의 경지에 올랐다.

굴레와 얽매임에서 벗어난 해탈이다.

고고한 위치에 올라 스스로를 해부하듯 내려다보면서 버린다는 건 고승이라고 해도 쉬운 일이 아니었다. 고승들도 해내기 힘든 일을 속세에 찌든 이한혈이 해냈다.

'세상에 깊이 관여하고 있기에 해낼 수 있었다.'

이한열이 이기적인 마음과 부귀영화를 탐하는 본성을 내려놓지 않고 철저하게 가지고 있었기에 해탈과 열반에 이를 수 있었다.

'버린다고 해서 해탈과 열반에 이르는 건 아니다. 가지려고 집착하다 보면 높은 도에 도착할 수 있다.'

진리의 봉우리에 이르는 길은 하나가 아니다.

단지 버리고 올라가는 것이 수월하기에 대부분 사람들이 선택했을 뿐이다. 반대로 이한열은 짐을 잔뜩 진 채, 어렵고 힘든 산행을 하여 봉우리에 올랐다. 지극히 어려운 길이었지만 봉우리의 최정상에 기필코 발자국을 찍었다.

스팟!

이한열의 눈에 깨달은 자들만이 가질 수 있는 지혜의 빛이 일렁였다. 따뜻하면서 부드러운 눈빛에는 어진 기운이 충만했다.

현인이다.

성인 다음으로 인간들에게 추앙을 받는 현인의 위치에 이한열이 올랐다.

집착과 탐욕으로 물든 인간이 현인이 되었다는 건 세상에 기이한 일이다. 그러나 정답이 없기에 재미있는 것이 바로 세상일이었다.

소림사, 무당파, 화산파 등의 구파일방과 남궁세가를 비롯한 전통의 백도 명문 세가 등이 정예 무인들을 이끌고 항주에 하나둘씩 모습을 드러냈다. 그들은 정총의 옆에 자리를 잡았다. 자연스럽게 백도의 힘이 정총에게로 집중되는 모습이었다.

"백보신권 일심 대사다."

"속세에 좀처럼 모습을 드러내지 않던 무당 장문인이 직접 나왔구나."

"남궁세가의 비전검법인 제왕검법을 극성으로 연마하였다고 알려진 남궁세가의 제왕검신이다."

전대 무림에서 활동하면서 엄청난 능력을 뿜어냈던 백도 명숙들의 등장으로 인해 항주가 들끓어 올랐다. 천하 무림 대회가 아니었다면 결코 보지 못했을 수도 있는 전대의 백도 고인들이었다.

이한열의 발걸음이 자연스럽게 정총이 있는 곳으로 향했다.

그가 정총이 자리를 잡고 있는 곳에 당도했을 때, 정총의 총사인 태허도선 허무영을 비롯한 일심 대사와 무당 장문인, 제왕검신 등이 마중을 나와 있었다.

"이분이 바로 백도의 커다란 은인인 대인 이한열이라오."

허무영이 이한열을 백도의 명숙들에게 소개해 줬다.

허무영의 얼굴이 무척이나 편안해 보였다.

허무영이 마음의 평안을 되찾았기 때문이었다. 그리고 이한열이 소개시켜 준 사람들이 능력을 발휘하면서 정총이 예전의 능력을 되찾아 가고 있었다.

"선재, 선재로다."

"무량수불! 도를 깨우친 자의 눈빛이로다."

일심 대사와 무당 장문인이 초탈한 듯 모든 걸 내려놓은 자연스러운 이한열의 기세에 감탄했다. 두 눈에 어려 있는 현기를 보면서 무척이나 큰 감명을 받았다.

한 자루 고풍스러운 검을 허리에 차고 있는 제왕검신 남궁진이 이한열을 뜨거운 눈길로 응시하였다.

"결혼했는가?"

남궁진이 느닷없이 물었다.

"아직 미혼입니다만……."

"내 손녀 창궁일미 남궁혜와 결혼해라."

"네?"

"미녀를 좋아한다면서? 천하의 미녀로 알려진 남궁혜라고 하면 너도 싫지는 않겠지."

남궁진이 다짜고짜 혼사를 밀어붙였다.

남궁세가에만 처박혀 있던 그가 다시금 세상에 나온 건 이한열 때문이었다. 홀로 무림을 들어다 놓았다 하는 걸출한 인재를 가문에 끌어들이려고 하였다.

"미녀를 좋아하는 건 사실이지만 갑자기 혼사 이야기를 들으니 당혹스럽군요."

싫다 나쁘다를 말하지는 않았지만 이한열이 부드럽게 웃으면서 선을 그었다.

"그래? 그렇다면 그대의 집에 매파를 보내지. 그렇게 되면 갑작스러운 혼사가 되는 건 아닐 테니까."

남궁진이 막무가내였다.

하고자 마음먹으면 상대방이 어떻게 나오더라도 불통일 정도로 밀어붙이는 성격 때문에 백도 내부에서도 많은 구설수가 따라붙고 있는 남궁진이었다.

"사천의 한 떨기 독화에 대해서 들어 본 적이 있는가?"

피부가 검은 중년인이 이한열에게 말을 걸어 왔다.

검게 그을린 중년인의 오른손에는 녹색의 수피가 끼워져 있었다. 중년인이 강인한 기운을 숨기지 않았다.

독공을 익힌 부작용으로 인해 피부가 검어진 사천당문의 문주인 일수천독 당사독이었다.

"들어 봤습니다."

이한열은 강호 무림의 미녀들에 대해서 공부를 한 적이 있었다. 그때 공부하면서 창궁일미 남궁혜와 표독화 당령도 알게 됐다.

"잘 됐군. 내 딸아이라서가 아니라 정말 눈에 넣어도 아프지 않을 예쁜 아이라네."

"예쁘기는 하지만 성격이 독하잖아. 좋다고 접근하는 남자들에게 독을 뿌리고 암기를 날려 고자로 만들었지. 독한 여자와 결혼했다가 고자가 되는 수가 있지."

남궁진이 옆에서 한 마디 툭 내뱉었다.

표독화 당령의 패악스러운 짓거리는 강호 무림의 젊은 남자들이 치를 떨게 만들었다. 아름다운 외모의 그녀에게 반해 접근한 남자들이 독에 중독되어 오랜 시간 고자로 보낸 사건은 무척이나 유명했다.

고개를 빳빳하게 들고 오만하게 살아가던 당사독이 당령의 패악으로 인해 난생처음으로 다른 사람들에게 고개를 숙여야만 했다.

슥!

이한열이 가만히 무릎을 좁혔다.

여자를 좋아하는 그는 고자가 되는 건 극구 사양이었다.

예전에 천인혈골 때문에 일시적으로 고자가 되었던 적이 있는 그는 그 아픔을 잘 알았다.

와그작!

껄끄러워하는 이한열을 본 당사독의 얼굴이 일그러졌다.

"너무 예쁜 나머지 생겨난 문제일 뿐이네. 강하고 능력 있는 자네라면 능히 령이를 책임질 수 있을 것이야."

"그래도 고자는 사양하고 싶군요."

이한열이 의사를 분명하게 표현했다.

팩!

당사독이 고개가 꺾어질 정도로 돌리면서 남궁진을 강하게 쏘아보았다.

"선배의 친손녀인 남궁혜의 아름다움은 인공적으로 만들어진 것 아닙니까? 인공미인이라고 해야겠지요."

남궁혜는 태어날 때부터 미녀가 아니었다.

지독하게 못생긴 외모를 타고난 남궁혜였는데 남궁진이 추궁과혈과 벌모세수로 남궁혜의 환골탈태를 강제적으로 만들어 냈다. 그 과정에서 뼈와 근육, 피부 등을 조정하여 추녀였던 남궁혜를 아름다운 미인으로 재탄생시켰다. 남궁혜를 미인으로 만드는 과정에서 남궁진의 진기 일 갑자가 소모되는 사태까지 벌어졌다.

남궁혜의 이야기는 남궁세가의 비밀이었다.

그렇지만 세상 어디에도 완전한 비밀은 없는 법!

친딸 당령의 문제를 거론한 남궁진에게 당사독이 남궁혜의 치부를 꺼내 들었다.

"네놈이 어떻게 그 사실을 아는 것이냐?"

"후후후! 예전에 당가에 와서 고주망태가 되었을 때 선배가 직접 이야기했지요."

"크흑!"

남궁진이 제 입을 꿰매 버리고만 싶었다.

약과 독으로 유명한 사천당가에는 특이하고 맛있는 술들이 잔뜩 있었다. 그렇기에 주당이기도 한 남궁진은 사천당가를 방문할 때마다 미친 듯이 술을 퍼먹고는 하였다.

"자네 잘 알아 둬야 하네. 지금 남궁혜는 미인으로 분명히 아름답지. 하지만 아이들은 부모를 쏙 빼닮는다는 걸 명심해야 하네. 날 때는 미인이 아니었던 여인이 낳은 아이들의 외모는 어떨 것 같은가?"

"아이들의 외모가 심히 걱정되겠지요."

"맞네. 여인의 외모가 전부는 아니겠지만 그래도 신경은 써야겠지 않은가."

"옳으신 말씀입니다."

이한열이 고개를 끄덕였다.

마음이 예뻐야 진정 아름다운 여자라고 한다.

그 말에 공감을 하면서도 이한열은 실상 외모를 무척이나 따졌다. 외모도 예쁘고, 마음도 고운, 아름다운 미녀를 찾고 있었다. 그리고 그럴 수 있는 능력을 갖췄다.

"크윽!"

남궁진은 이번 혼사가 물 건너가고야 말았다는 사실을 직감했다.

"이러면 막 가자는 거 아니냐?"

"시작은 선배가 먼저 했습니다."

"내가 그래도 너는 그러면 안 되지."

"함께 늙어 가는 처지에 그런 것이 어디 있습니까?"

"한 번 해보자는 거냐."

"못할 것 없지요."

사이가 좋기로 소문이 난 남궁세가의 전대 가주인 남궁진과 사천당가의 가주 당사독이 서로 으르렁거렸다.

이한열이라는 걸출한 인재를 가문에 영입하려 서로 경계를 하다가 둘 다 닭 쫓던 개 지붕 쳐다보는 꼴이 되고야 말았다.

둘이 금방이라도 서로를 향해 출수하려고 하였다.

남궁진이 검의 손잡이를 잡고 있었고, 당사독의 우수에는 어느새 새파랗게 빛나는 독비 한 자루가 들려 있었다.

"힘! 저들은 그냥 내버려 두시게. 원래 저런 인간들이야."

허무영이 못 볼 꼴을 봤다는 듯 치를 떨었다.

남궁진과 당사독의 만행은 어제 오늘 일이 아니었다. 사고뭉치인 둘만 모였다 하면 잘 흘러가던 일들에서도 여러 가지 문제들이 발생하였다.

당령의 패악스러운 짓거리는 모두 당사독의 영향 탓이었고, 남궁진의 손녀인 남궁혜 역시 만만치 않은 전력을 자랑했다. 그렇기에 아름다운 외모를 가지고 있지만 당령과 남궁혜는 아직까지 미혼이었다.

남궁세가와 사천당가는 이번 기회에 집안의 골칫덩어리들

을 처분하면서 이한열을 사위로 받아들이겠다는 욕심을 부렸던 것이다.

"백도의 명숙으로서 할 짓이 아니지."

"대체 왜 저렇게 사는지 모르겠네."

일심 대사와 무당 장문인도 고개를 돌리면서 두 사람을 외면했다.

"재미있고 좋은데요."

이한열이 싱긋 웃었다.

그의 입장에서는 고고한 일심 대사와 무당 장문인, 허무영보다 감정을 숨기지 않고 자연스럽게 뿜어내는 두 사람이 더욱 정겹게 느껴졌다.

"안으로 들어가서 이야기를 나누겠나? 소개시켜 줄 사람들이 많다네."

"아쉽지만 제가 들러야 할 곳이 몇 곳 있습니다."

"어디를 가려는가?"

"다른 곳도 둘러봐야 하지 않겠습니까?"

이한열은 항주에 모여든 정총뿐만 아니라 혈마교와 마교, 집마성을 방문해야만 했다. 가장 가까운 정총을 방문하였지만 실상은 혈마교로 가는 길 중간에 우연히 마주쳤을 뿐이었다.

그는 아름다운 구양마혜가 기다리는 혈마교를 가장 먼저

방문할 작정이었기에 시간적 여유가 없었다. 그리고 오랜만에 만났기에 구양마혜와 즐거운 대화를 나눌 작정이었다.

"정말 아쉽군."

"저도 아쉽습니다."

이한열은 전혀 아쉽지 않으면서도 태연스럽게 진심이라는 듯 말을 꺼냈다.

"이만 가 보겠습니다."

"바쁜 사람을 너무 오랫동안 붙잡고 있었군, 고생하시게. 그대의 어깨 위에 강호 무림의 평화가 걸려 있다네."

허무영의 말은 결코 과언이 아니었다.

이한열이 가운데에서 중심을 잡아 주고 있기에 정사마의 균형이 잡힐 수 있었다. 만약 중간에서 힘을 써 주는 존재가 없었다면 정총과 마교, 혈마교, 집마성끼리 머리가 터질 정도로 싸워야만 할지도 몰랐다.

"제 역할은 여기까지입니다. 이제부터는 총사님을 비롯한 백도의 명숙들께서 강호의 평화를 수호하셔야 하겠지요."

이한열이 허무영을 비롯한 일심 대사와 무당 장문인에게 고개를 숙인 뒤에 자리를 떴다.

"쯧쯧쯧! 언제 철이 들려고 저러는 건지 모르겠군."

"하루 종일 가도 끝나지 않을 테니, 먼저 들어가세."

"그러지요."

허무영과 일심 대사, 무당 장문인이 사라졌다.

"저는 하루 종일도 버틸 수 있습니다. 검에서 손을 내려놓으시지요. 선배!"

"손에 있는 독비를 집어넣지. 후배!"

"제가 독비를 넣었다가 선배가 공격하면 어떻게 합니까?"

"내가 독한 네놈을 어떻게 믿고 검에서 손을 떼냐?"

"끝까지 가 봅시다. 젊은 내가 유리합니다."

"같이 늙어 가는 처지에 헛소리만 하는구나."

모두가 사라졌는데도 불구하고 남궁진과 당사독이 서로 대치하면서 시간을 보내고 있었다. 절대적인 경지에 오른 그들은 서로를 노려보느라 다른 곳을 살펴볼 수가 없었다. 어느 한쪽도 양보하지 않고 있었기에 시간만 계속 흘러갔다.

第十一章
정일품

이한열이 홀로 항주를 벗어났다.

강호를 떠나 조정으로 다시금 돌아가는 길이었다.

관리에서 무인으로 변화했다가 이제 무인에서 관리로서 오를 수 있는 가장 높은 위치인 정일품 관리에 임명받기로 약속받았다.

이한열의 복귀에 맞춰 조정에서는 주수선의 주도 하에 성대한 복귀식을 준비하고 있었다. 이한열에게 정일품 관직 가운데 어떤 직위를 내릴 건지 조정에서의 논의가 한창이었다.

주수선은 강호일통을 명령하였지만 진짜 이한열이 해낼 줄 상상도 하지 못했다. 단일 세력으로 최강이라는 천산의 마교조차 해내지 못하는 일을 개인에게 하라는 건 불가능이나 마찬가지였다.

주수선은 그저 강호에서 어느 정도의 성과를 냈으면 하는 바람이었다. 그런데 이한열이 떡하니 강호일통을 만들어 냈다.

저벅! 저벅!

이한열의 발걸음이 한없이 가벼웠다.

경쾌하게 걸어가는 발걸음 뒤에 흙먼지가 뽀얗게 피어났다.

"오랜만에 부모님을 찾아뵙자."

며칠 후면 어머니 오혜련의 생신이었다.

북경에 가기 전에 고향집에 방문하는 것이 당연했다.

주수선과 조정에서의 부름에는 언제까지 돌아오라는 이야기가 없었다. 고향집에 들렀다가 조정에 가도 괜찮았다.

강호행을 하면서 나름 엄청난 고생을 했기 때문에 이한열은 그 피로를 풀어야 할 필요성을 느꼈다. 전신에 쌓인 피로감을 없애는 데에 있어서 최고의 즉효약은 바로 사랑하는 가족을 만나는 일이라고 생각했다.

"고향으로 향하는 길이 즐겁구나."

풍경을 바라보고 걸으면서 연신 웃고 있는 이한열이었다.

그동안은 성격 급한 사람처럼 중원을 돌아다녔다. 만리장성을 넘어 혈마교와 마교까지 방문하였고, 정총과 집마성까지 들렀다. 대륙을 종횡했다고 해도 과언이 아니었다.

"홀가분하게 밖으로 나오니 정말 좋다."

이한열은 그동안 구속을 받았다.

신경 쓰지 않으려고 했지만 주수선의 강호일통에 대한 주문이 그를 억압했다. 최대한 즐기려는 마음으로 임했지만 마음 한구석에는 불편함이 조금이나마 존재했다.

그런 사실은 자유롭고 싶어 하는 이한열의 마음을 답답하게 만들었다.

"강호에 나오게 된 뒤로 자유에 대해서 깨닫게 됐다."

조정의 관리로 있다가 강호의 무림인으로 살아가다 보니 이한열은 속의 야성이 살아남을 느꼈다. 젊은 호기와 가공할 무력을 가지고 있고 배교와 혈마교의 수장인 동시에 천마와 정총, 집마성의 일인자와 밀접한 관계를 가지고 있었다.

끝은 새로운 시작으로 이어진다.

강호일통을 하였지만 이제 조정에서의 삶으로 연결됐다. 그리고 강호에서의 인연과 힘은 여전히 이한열과 도도하게 소통하고 있었다.

"조정에 가서 야성을 죽이고 살 수 있을까?"

강호의 힘을 이용하면 조정을 뒤흔드는 것이 가능했고, 독한 마음을 먹으면 역성혁명까지도 이뤄낼 수 있었다.

"배교와 혈마교의 수장이라면 몰라도 나라의 황제는 별로다."

이한열은 조정에서 관리로 지내면서 황제의 권한과 책임감에 대해서 잘 알고 있었다.

황제가 무소불위의 권력을 가지고 있는 것 같지만 실상은 그렇지 않다. 조정의 관리, 황족, 지방의 토호, 소수민족, 만리장성 너머의 오랑캐 등에 의해 많은 제약을 받고 있다.

배교와 혈마교는 황제에 비해서 자유롭고 무소불위의 권력을 휘두를 수 있다. 이한열처럼 자유로운 존재에게는 배교와 혈마교의 수장이 어울렸다.

"황제 자리는 거저 줘도 싫다."

이한열을 황제가 될 생각이 눈곱만치도 없었다.

만약 황제 자리를 노렸다면 강호에 나왔을 때부터 만전을 기해 놓았을 것이다. 그리고 역성혁명이 아니라 주수선의 부마를 자처하면서 대의명분을 내세웠을 것이었다.

미리부터 만반의 준비를 하는 학사 특유의 성격이 여실히 드러났다.

진정 황제의 자리를 노리고 나선다면 현재의 이한열이라고 해도 쉽지 않았다. 황제의 옆을 지키고 있는 수호각의 전력만 해도 강호 무림의 구파일방 상위 세 곳의 힘을 합친 것보다 위였다.

황실에서는 수호각의 전력을 비밀로 하고 있었다.

수호각의 진정한 힘에 대해서 알고 있는 사람은 황제밖에 없었다. 조정의 일을 도맡아서 하고 있는 주수선이라고 해도 수호각에 대해서 제대로 알고 있지 못 했다.

수호각이 충성하는 존재는 허수아비라고 해도 오직 황제뿐이었다.

"그러고 보니 특급 황궁보고에 신병이기를 가져다 놓아야 하는데……."

이한열은 특급 황궁보고에서 만났던 수호각의 지태상 소창문과의 인연을 떠올렸다.

"혈마교와 마교, 정총, 집마성에서 신병이기를 몇 개씩 달라고 해야겠다. 잔뜩 가져다주면 지태상도 별다른 말을 하지 못하겠지."

그는 받았던 것보다 몇 배로 많은 신병이기들을 특급 황궁보고에 가져다 놓을 생각이었다. 수호각에서 말이 나오면 귀찮아질 수도 있었기에 만전의 조치를 기하려는 것이었다.

암중에 관리들의 동태를 예의 주시하고 있는 수호각에 찍혀서 좋은 건 하나도 없었다.

"만리장성 너머 오랑캐들의 움직임도 심상치 않은데……."

이한열은 혈마교와 마교를 방문하면서 오랑캐들의 강대한 힘을 직접 목격했다. 오랑캐들이 만리장성을 넘는다면 중

정일품 259

원의 백성들은 희생될 수밖에 없다는 사실을 알았다

"그리고 오랑캐들의 뒤에는 새외 무림을 일통한 철혈마부가 있다."

철혈마부는 뢰음사, 천룡사, 포달랍궁, 홍교, 황교, 밀교, 북해빙궁 등 새외 무림의 초강대 세력을 하나로 일통했다.

철혈마부의 부주인 철혈마존은 새외 무림의 초강자로 알려진 각 문파의 일인자들을 모두 십 초 이내에 물리쳤다.

"철혈마존! 대단한 위인인 건 사실인데……."

전해지는 소문대로라면 이한열이라고 해도 철혈마존과의 승부를 쉽게 점칠 수 없었다.

중원 무림이 혼란의 시기를 보낼 때, 새외 무림은 혜성처럼 등장한 철혈마존에 열광하면서 하나의 거대한 세력, 철혈마부로 결집하였다.

철혈마부가 강성한 힘을 드러내면서 오랑캐들의 전체적인 힘도 함께 커 나갔다. 강호는 어디에 따로 존재하는 것이 아니라 나라와 백성과 함께 호흡을 하면서 살아가는 세계였다.

역대로 새외 무림은 강성한 힘을 드러낼 때와 걸출한 초인이 등장했을 때, 항상 중원 무림 정벌을 시도했다.

한 때 포달랍궁을 주축으로 한 새외 무림의 침략에 의해 중원 무림의 칠 할이 초토화된 적이 있었다. 새외 무림의 힘은 결코 중원 무림에 비해 약하지 않았다.

"오랑캐들의 문제를 해결하려면 새외 무림의 철혈마부를 어떻게든 건드려야 한다. 철혈마부를 그냥 놔두면 중원과 중원 무림에 커다란 독이 될 것이다."

철혈마부는 대명과 중원에 커다란 우환거리였다.

새외 무림의 힘이 결집된 철혈마부의 발호와 함께 오랑캐들이 중원 정벌을 시도하게 될 경우 중원에는 최악의 상황이 벌어진다.

"철혈마부 일에 개입해야 하나?"

이한열이 고민했다.

철혈마부에 대한 그의 개입은 단순한 문제가 아니었다. 중원 무림과 새외 무림의 격돌이었고, 나라와 나라의 충돌이었다. 변수의 요인들이 너무 많았고, 수많은 사람들의 이해관계가 복잡하게 엮여 있었다.

"결국 개입할 수박에 없겠지."

이한열은 가만히 있으려고 해도 결국 철혈마부와 연결될 수밖에 없었다.

새외 무림을 하나로 결집시킨 철혈마부는 거대한 힘을 주체하지 못하고 뿜어내야만 하는 시기가 도래했다. 중원 무림을 침범하지 않으면 여러 세력으로 묶인 하나의 힘이 결국 제살을 깎아먹을 수밖에 없는 철혈마부였다.

그렇기에 철혈마부는 중원을 침범하려고 오래전부터 전쟁

준비가 한창이었다. 몽고족과 여진족 등도 철혈마부의 영향을 받아 무려 삼십 만에 달하는 정예 기마대를 보유하고 있었다.

몽고족과 여진족 등 오랑캐들의 강대한 전력에 놀란 대명에서도 만리장성에 병력을 더욱 많이 주둔시켰다. 그러나 전쟁 준비 작업에 있어 부족한 부분이 무척이나 많았다.

"아직 새외와 부딪치기에는 준비가 부족한데……."

이한열이 걱정했다.

철혈마부가 만들어진 지 무려 십 년의 세월이 흘렀고, 새외의 몽고족과 여진족들도 전쟁에 대비한 만반의 준비를 갖췄다. 특히 기마대가 주축이 된 오랑캐들은 전쟁을 치르기 위해 뛰어난 기동력을 발휘할 수 있었다.

그러나 대명은 전쟁을 치르기 위해 만리장성에 병력을 이동시키는 데에도 반년이 족히 걸렸고, 수많은 병력들을 무장하기 위한 전쟁물자 준비에만도 족히 수년이 걸렸다.

중원 무림이나 명나라 모두에게 있어 시련의 시기가 다가오고 있었다.

"부딪치지 않는 편이 가장 좋은데, 새외 무림이나 새외의 나라들이 중원의 약한 부분을 찌르고 들어올 테지."

철혈마부가 주축이 된 새외에서는 중원에 수많은 첩자와 간자들을 보냈고, 중원에 대한 막대한 정보를 수집했다. 그로 인해 중원의 부족한 부분을 잘 알고 있었다.

철혈마부에서는 당연히 중원이 준비할 시간을 주려고 하지 않았다. 철혈마부 입장에서는 탄탄하게 준비한 중원 무림이 아닌 부족하고 약한 중원 무림을 더욱 선호했다. 탄탄한 중원 무림과 격돌하게 되면 커다란 피해를 볼 수밖에 없었기 때문이었다.

"반년 안에 새외의 침략이 시작된다."

이한열이 확신했다.

그리고 그 침략의 시기에는 이한열도 한몫을 하고 말았다.

"천하 무림 대회를 통한 중원 무림의 소통이 철혈마부의 침략을 앞당겼다."

철혈마부는 중원 무림 정사마의 다툼과 혼란스러운 시간을 즐거운 마음으로 지켜보고 있었다. 중원 무림의 힘이 약화될 때까지 기다렸다가 침략할 생각이었기 때문이었다.

그런데 느닷없이 한순간에 중원 무림 정사마의 전쟁이 멈춰 버렸다. 천하 무림 대회를 통해 정사마가 그동안의 분열을 다독거리면서 소통을 시작하였다.

"중원 무림을 정벌한다."

갑작스러운 중원 무림의 움직임에 놀란 철혈마존은 드디어 칼을 빼 들었다. 철혈마부가 전쟁 준비에 들어가면서 새외 무림 전체에 흩어져 있던 전력을 하나로 모으기 시작했다.

"중원 무림에서 자체적으로 막아 내면 좋은데……."

이한열이 희망을 살포시 드러냈다.

바람대로 중원 무림이 새외 무림의 침략을 막아 낼 수 있다면 가장 좋았다. 그렇지만 중원 무림의 부족함이 나타나면 이한열은 언제라도 개입을 해야만 하는 상황이 발생하게 된다. 옷깃만 스쳐도 인연이라고 하는데, 강호에서 이한열이 만들어 놓은 인연의 깊이가 무척이나 깊었다.

가장 걱정이 되는 단체는 바로 혈마교였다.

혈마교는 위치적으로는 만리장성 밖에 위치하고 있지만 중원 무림에 속하고 있다. 그렇기에 철혈마부에게 있어 눈엣가시와도 같은 존재였다. 중원 침략에 있어 철혈마부가 혈마교를 공격할 것이 명약관화이다.

자신의 사람이나 세력이 피해 보는 걸 극도로 꺼려 하는 이기적인 이한열이었다.

"혈마교와 철혈마부의 전쟁에 나 역시 참여할 수밖에 없겠지."

이한열의 뇌리에 눈물을 글썽거리던 구양마혜가 떠올랐다.

그는 구양마혜가 철혈마부에 의해 티끌만큼의 상처라도 입을지 걱정이었다.

"부모님께 소개를 시켜 드려야 하는데, 철혈마부에 다치게 놔둘 수는 없지."

철혈마부의 중원 침략에 이한열이 함께 대응하지 않게 되면 혈마교는 바람 앞의 등불이었다. 그리고 그런 혈마교에는 이한열이 사랑하여 결혼하려고 마음먹은 여인 구양마혜가 있었다.

"이번 기회에 혈마교의 중원 이전에 대한 계획을 수립하라고 명령해야겠어. 혈마교의 숙원 가운데 하나이니까 명분도 나쁘지 않지."

혈마교는 애당초 중원 무림 태생이었지만 정사마 모두에게 배척을 당해 만리장성 밖으로 쫓겨났다. 그렇기에 혈마교의 마인들은 다시금 살기 좋은 중원으로 돌아갈 날만을 손꼽아 기다렸다. 혈마교의 숙원을 해소하는 동시에 철혈마부의 중원 침공 위험에서 벗어날 수도 있으니 이한열이나 혈마교에게 있어 금상첨화였다.

저벅! 저벅!

가벼운 발걸음의 이한열이 고향으로 향하면서 산적해 있는 문제들을 하나둘씩 해결하였다. 고민하여 답이 나올 때마다 더욱 밝은 표정을 지었다. 학사 출신답게 문제 해결하는 걸 즐겼다.

이한열이 정일품에 오르게 됐다는 소식이 관계에 파다하게 퍼졌다.

대명의 역사에서 이십 대의 젊은 나이에 정일품에 오른 경우는 황실종친들을 제외하고는 지금까지 아무도 없었다.

총 열여덟 단계로 구분되는 조정에서는 단계적으로 올라가는 것이 정상이었고, 실력과 능력만으로 단숨에 최정상까지 오른다는 건 비상식적이었다.

이한열이 문화전대학사에 올랐을 때만 해도 파격적인 일로 조정의 문무백관들과 관직 사회가 술렁거렸다. 그런데 이번 이한열의 정일품 등극 사건은 더욱 큰 파장을 불러일으켰다. 물론 이런 전무후무한 일이 가능한 건 그만큼 현 조정이 혼탁하고 어지럽다는 반증이었다.

"영전을 축하드립니다. 대인!"

"대인! 축하드립니다. 조정으로 복귀하시면 저를 잊지 말아 주십시오."

"대인을 뵙게 되어 영광입니다."

"제 딸아이가 천하의 절색입니다. 한 번 만나 주시겠습니까?"

이한열이 가는 곳마다 관직에 있는 사람들이 앞다퉈 나오면서 인사를 해 댔다. 소문을 듣고 먼 곳에 위치한 현령과 수령들이 나와서 어떻게든 인연을 만들려고 노력하였다. 심지어 왕부에서 왕야가 직접 나오는 경우도 있었다.

"고맙소이다."

"왕야를 뵙습니다."

이한열이 찾아오는 사람들을 모두 만나 줬다.

사람들과의 인연이 곧 재산이라는 걸 알고 있었기 때문이었다. 자연스럽게 고향으로 향하는 발걸음이 지체될 수밖에 없었다.

"허험! 뭘 이런 걸 주고 그러는가!"

"제 성의입니다. 대인!"

"음! 고맙네."

"앞으로 잘 부탁드리겠습니다."

"내 자네를 눈여겨보겠네."

"감사드립니다."

만나는 사람들이 저마다 이한열에게 금은보화와 진귀한 물건을 주려고 난리였다. 뇌물이 아닌 인사치레를 통한 예물이었다.

예물들도 있었지만 태반이 예물이라고 하기에는 정도가 심한 것들이었다. 보물들을 주는 사람도 그 사실을 알았고, 받는 이한열도 잘 알았다.

이한열이 은연중에 뇌물이 아닌 진귀한 예물을 준 관리와 사람들을 챙겨 줬다. 그러는 동시에 지독할 정도로 백성들의 고혈을 쥐어짠 탐관오리들에 대해서는 가차 없이 응징했다.

"이한열 대인께서는 부정부패를 용납하지 않는다."

"만세! 이한열 대인께서 부패한 현령을 처리해 주셔서 살맛 난다."

"빼앗긴 재산을 돌려주셨어."

"정말 감사합니다, 대인!"

백성들이 이한열에게 넙죽 고개를 조아렸고, 큰 은혜를 입은 사람들은 땅바닥에서 절을 올리기까지 했다.

이한열의 명성이 점점 드높아졌다.

탐관오리들을 처벌한다는 소문이 사방으로 퍼지자, 탐관오리들의 방문이 뚝 끊겼다.

실력에 비해서 낮은 관직에 머물러 있는 자입니다.

중용하시면 대명의 앞날에 큰 도움이 될 것입니다.

이한열이 능력과 재능이 좋은 인재와 관리들에 대해서 조정과 주수선 군주에게 상신했다.

실력 좋은 인재와 관리들에 굶주려 있는 조정과 주수선 군주가 상신에 빠르게 답했다. 동창과 서창 등의 정보기관을 통해 검증을 했는데, 이한열의 추천대로 능력이 있었기 때문이었다.

이한열이 인재를 높이 평가한다는 소문이 퍼지면서 능력 있는 관리들과 야인처럼 살아가던 인재들이 구름처럼 몰려들었다.

"이한열이 좋은 인재를 챙긴다."

"정일품 이한열 대인은 능력있는 사람을 알아본다."

"이한열 대인께서는 예를 알고 계신다."

이한열이 인재를 챙기면서 명성을 더욱 키워 나갔다.

사실 관직 사회는 마차와 수레들로 사방이 꽉꽉 막히는 정체 도로와 비슷했다. 위로 올라가기 위해서는 앞에 막혀 있는 마차와 수레를 치워야만 했다. 자리는 정해져 있고, 위로 올라갈 수 있는 사람들은 소수였다.

배경이 없으면 관직에 나가지 말라는 말은 괜한 이야기가 아니다. 능력과 재능이 있어도 든든한 배경이 없으면 관직 생활은 무척 고달프다.

이십 대에 정일품에 오르게 된 이한열은 든든한 배경이라고 할 수 있었다. 현 정권의 실세인 주수선 군주의 엄청난 신임을 받고 있다는 것도 커다란 장점이었다.

조정의 고관대작인 이한열과 만나러 오는 사람들은 대부분 예물을 들고 왔다. 자연스럽게 천하의 진귀한 보물들이 이한열의 수중에 마구 쌓여 나갔다. 너무 많은 보물들로 인해 발걸음이 지체될 정도였다.

그렇지만 간단하게 해결할 방도가 이한열에게 있었다.

"물건들이 너무 많은데?"

"마차와 수레를 준비하겠습니다."

"너무 번거롭게 하는 것 아닌가?"

"무슨 말씀이십니까? 이런 일은 아무것도 아닙니다."

"그럼 수고해 주게."

"걱정하지 마십시오."

이한열이 귀찮고 번거로운 일을 아랫사람들에게 맡겨 버렸다.

순식간에 마차와 수레들이 대령됐다.

시간이 지날수록 마차와 수레들의 숫자가 늘어만 갔다.

고향집에 도착했을 때, 이한열의 뒤에는 보물들로 꽉꽉 들어 찬 마차와 수레가 서른 대를 넘어선 상태였다.

"와아아!"

"이한열 대인께서 오셨다."

"영웅의 귀환이다."

마을 어귀에 도착하자 사람들이 구름처럼 몰려나와 이한 열을 반겼다.

"대인 덕분에 살맛이 납니다."

"정말 좋은 환경에서 살고 있습니다. 감사합니다."

"대인의 은혜로 인해 일자리를 얻었습니다. 앞으로 잘 살 겠습니다."

그저 작은 마을에 불과했던 고향이 어느덧 도시로 화려하 게 변모되어 있었다.

이한열의 눈치를 보는 관직 사회에서는 마을에 막대한 공 적 자금을 투자하고 있었고, 지금도 여럿 건물과 강 위에 다 리를 짓고 있었다. 그 와중에 필요한 인부와 자재들 일부를 마을에서 구매하였다. 당연히 고향 마을에 일자리가 많이 늘 어났고, 돈도 풍족하게 돌았다.

남산서원의 분점 개파로 인해 마을은 학업 도시로 소문이 파다하게 났다. 이름 높은 남산서원 분점 설립과 함께 멀리 에서도 학업을 배우기 위해 많은 학생들이 찾아 왔고, 그에 관련된 도서관과 서점 등이 잔뜩 늘어났다.

강호행을 하는 이한열로 인해 마을을 보호하기 위한 군대 주둔지가 생겨났다. 혹시라도 있을 무림인들의 복수와 습격에서 이한열의 친척과 이웃들을 보호하기 위한 장치였다.

그저 작은 마을이 군사적, 행정적, 정치적으로 중요한 장소로 부각됐다. 단지 이한열 한 명으로 인해 생겨난 엄청난 변화였다.

궁벽한 벽지에서 가난하게 살아가던 마을 사람들이 이한열을 은인으로 생각할 수밖에 없었다.

"여러분들이 행복하면 저도 행복합니다."

이한열이 마을 사람들의 인사에 밝게 웃으며 화답했다.

높은 위치에 올랐기에 가볍게 무시를 해도 좋았지만 고향의 사람들이었다. 언젠가 낙향하면 돌아올 고향이었다. 미리부터 텃밭을 다져 놓아야 노년에도 편하고 좋았다.

게다가 고향은 부모님이 살아가는 정든 공간이었다.

이한열이 부모님을 생각해서라도 사람들에게 함부로 대할 수는 없는 노릇이었다. 여러모로 많은 걸 따져 가면서 사람을 상대했다.

어떻게 보면 참 피곤하고 귀찮은 삶의 방식일 수도 있었다. 그러나 하나하나씩 따져 가면서 살아가는 것이 이기적인 이한열의 삶이었다.

"화동이 애비군. 이번에 일자리를 구했다니 참으로 잘 됐어. 설유 노인장은 아직도 정정하시네. 조씨! 장사는 잘 되고 있는가?"

이한열이 안면이 익은 사람들에게 간단하게 말 몇 마디를 건넸다.

"헉! 제 이름을 기억해 주시다니 영광입니다."

"허허허허! 참으로 잘 컸구만!"

"대인께서 신경 써 주시는 덕분에 장사가 날로 번창하고 있습니다."

사람들이 환하게 웃으면서 좋아했다.

그들은 사실 이한열이 너무 높은 위치에 오른 것 같아 불안함도 가지고 있었다. 손에 닿지 않을 것처럼 높은 이한열에게 잘못 보였다가는 큰일이기 때문이었다. 그런데 이한열이 무시하지 않고 살갑게 반응하자 너무나도 즐거운 얼굴을 하였다.

"역시 큰 사람이야."

"마을의 자랑이라니까."

"개천에서 진정한 용이 났어."

거만하지 않은 이한열을 마을 사람들이 더욱 높이 평가했다. 멀리 있다고 생각한 존재가 가깝게 느껴졌기에 더욱 환호했다.

"한열아!"

배하연의 뾰족한 음성이 울렸다.

화려하면서 아름다운 비단 옷을 몸에 착 달라붙게 입고 있는 배하연이었다. 그 탓에 들어갈 데 들어가고 나올 데 나온 아름다운 젊은 여인의 몸매가 여실하게 드러났다.

"오랜만이네."

고개를 돌린 이한열이 반가운 음성으로 배하연을 맞아 줬다.

내심 노심초사하고 있던 배하연이 입가에 야릇한 웃음을 지었다.

"이번에 정일품에 올랐다면서……."

"아직은 아니야."

"소문이 파다하던데……."

"조정에 복귀하면 정일품 직위를 수여받기로 했지."

이한열이 담담하게 말했다.

거만하지 않은 말투였는데, 그것이 오히려 이한열을 더욱 빛나게 만들었다. 정일품을 자연스럽게 받아들이겠다는 오연함이 돋보였다.

"축하해."

"고마워. 네 덕분이야."

"정말?"

뜻하지 않은 말을 들은 배하연의 입가에 득의의 미소가 번졌다. 그녀가 고개를 빳빳하게 들고 주변을 둘러보았다.

내가 이런 사람이야!

그녀가 이한열의 성공에 큰 도움을 준 사람이라는 걸 자랑스럽게 생각했다. 사방에 그 사실을 알리기 위해 허리를 빳빳이 세웠다.

"대인께 소중한 사람인가?"

"그럼 저번의 소문은 대체 뭐야?"

"이한열 대인께 찍혔다는 소문이 있었는데……."

사람들이 어리둥절해 했다.

이한열과 배하연에 대한 소문이 마을에 파다하게 퍼진 적이 있었다. 그로 인해 배하연이 사람들에게 두들겨 맞기까지 하였다.

한동안 마을에서 두문불출하던 배하연이 이한열의 마을 복귀에 모습을 드러내어 파문을 일으키고 있었다.

'너는 내 남자야.'

이한열을 바라보는 배하연의 눈에 집착과 탐욕이 가득 넘쳤다.

사실 배하연이 이한열처럼 뛰어난 남자를 얻을 가능성이란 아예 없다시피 했다. 시골 마을에서나 아름다운 여인이었지, 도시에 나가면 아주 흔한 정도의 미모일 뿐이었다. 가문의 재력 역시 시골 마을에서나 대접받을 수 있는 정도였다.

천하에서 손꼽히는 최고의 신랑감 후보인 이한열을 시골에서나 대접받은 배하연이 감히 쳐다볼 수도 없는 지경이었다. 단지 어릴 때의 인연으로 인해 비벼 볼 수 있다는 것이 전부였다.

'어릴 때의 좋아했던 감정은 평생 가는 법이지.'

배하연은 이한열이 자신에게 돌아왔다고 생각하였다. 계속 들이대어 마침내 대어를 잡았다면서 속으로 희희낙락하였다.

'한열이가 아직 결혼을 하지 않고 있는 건 나를 잊지 못하고 있기 때문이야.'

그녀는 이한열에 대한 소문을 전해 듣고 있었다.

이한열은 이미 결혼적령기를 지나쳤다. 결혼을 해도 일찌 감치 했어야 하지만 아직까지 미혼이었다. 심지어 만나고 있다는 여인들에 대한 이야기조차 없었다.

"아무것도 모르던 젊은 시절에 네게 차인 덕분에 미친 듯이 공부할 수 있었지. 실연의 아픔이 공부에만 전념할 수 있도록 힘을 줬어. 보란 듯이 성공하기 위해 미친 듯이 노력했거든."

이한열의 말에는 과거의 아픔을 성공으로 승화시킨 자의 감정이 잔뜩 실려 있었다.

"그 말은……."

불길함을 느낀 배하연의 안색이 먹구름 낀 것처럼 잔뜩 흐려졌다. 동시에 꼿꼿하게 세웠던 고개와 허리가 힘을 잃어 버렸다.

"이번에 부모님을 뵙고 결혼 승낙을 받으려고 해."

이한열이 마지막으로 배하연의 가슴에 비수를 꽂았다.

사실 손주를 보고 싶어 하는 부모님이 주는 결혼에 대한 압박이 상당했다. 지금까지는 강호일통에 대한 임무 때문에 회피하였지만 이한열도 가문의 대를 이어야 한다는 생각을 가지고 있었다.

휘청!

배하연이 쓰러질 것처럼 앞뒤로 흔들렸다.

그렇지만 그녀는 끝까지 포기하지 않았다.

"나랑 결혼하려고 하는 거지?"

"너와의 인연은 끝난 지 오래지. 내 마음에 네가 들어올 구석은 티끌만치도 없어."

이한열이 선을 딱 그었다.

깨끗하게 정리하여 출발하려고 하는데 과거의 인연이 자꾸 바짓가랑이를 추하게 붙잡으려 하고 있었다.

부르르! 부르르

엄청난 충격을 받은 배하연이 폭풍이라도 맞은 사시나무

처럼 떨었다. 분명히 끝났다고 이한열이 몇 번이나 누차에 걸쳐 이야기했는데도 불구하고 여전히 집착을 버리지 못하고 있었다.

"아니야. 너는 여전히 내 남자야."

배하연이 악에 받쳐 소리쳤다.

집착에 빠진 그녀는 정신적으로 문제가 있었다. 그로 인해 이미 끊어진 인연을 놓지 못하고 계속 이으려고 난리쳤다.

"그런 생각은 나를 비롯한 너의 가족 그리고 여러 사람들에게 민폐야. 그러니까 지금이라도 마음을 고쳤으면 해."

이한열이 안타까운 표정을 지으면서 이야기했다.

"일편단심 너만을 사랑해."

배하연이 소리치면서 이한열을 향해 달려들었다.

"쯧쯧쯧!"

이한열이 혀를 찼다.

차차착! 차차착!

삽시간에 이한열의 주변은 군사 주둔지에서 나온 병사들에 의해 인의 장막이 쳐졌다. 병사들이 혹시 모를 만약의 사태를 대비하였다. 그와 동시에 마을 사람들이 배하연을 둘러쌌다.

결국 그녀는 몇 걸음 가지 못해 마을 사람들에게 가로막혔다.

"대인께서 아니라고 하시잖아."

"정신 차려! 고무신을 거꾸로 신었으면서 무슨 낯짝으로 대인에게 치근덕거리는 거냐."

"미친 년! 다시 한 번 더 대인을 귀찮게 하면 얼굴 낯짝을 갈아 버리는 수가 있다."

사람들이 배하연에게 마구 비난과 욕설을 내뱉었다. 마을의 영웅인 이한열에게 집착하는 배하연을 곱게 보지 않았다.

'홋!'

배한연의 처리를 마을 사람들에게 떠맡긴 이한열이 가볍게 웃었다. 피해를 받았던 진실과 결혼해야 하는 사실을 말한 것만으로 알아서 배하연을 정리하도록 만들었다. 귀찮게 손을 더럽히지 않고 자연스러운 처리를 유도해 냈다.

집으로 향하는 길은 깨끗하게 새로운 길로 정비되어 있었다. 흙으로 된 길 위에는 벽돌이 보기 좋게 깔려 있었고, 집 근처의 길에는 심지어 단단한 청강석이 깔려 햇볕에 반짝거렸다. 길 양쪽으로는 아름드리나무들과 기화이초들이 아름다운 모습을 뽐내고 있었다.

이한열에게 잘 보이기 위해 관청에서 막대한 돈을 들여 주변을 정비하였다. 조정에서도 마을을 아름답고 깨끗하면서 쾌적하게 만들 수 있도록 자금을 풍족하게 내려 보냈다. 그리고 발전을 목격한 민간 자본이 마을로 잔뜩 몰려왔다.

이미 이한열의 방문 소식을 전해 받은 저택 앞에는 수많은 사람들이 나와 있었다. 한 번도 보지 못했던 친척과 친지들까지 찾아왔기에, 저택 앞의 숫자가 더욱 늘어나 있었다.

"부모님, 그간 강녕하셨습니까?"

이한열이 청강석 바닥에 무릎을 꿇어 절을 올리고 난 뒤 일어나 부모님을 바라보았다. 마지막으로 보았을 때보다 부모님의 얼굴이 상당히 젊어져 있었다. 적지 않은 영약을 챙겨 지속적으로 부모님께 보낸 영향이었다.

"고생 많았다."

"네 덕분에 잘 지냈다."

이찬성과 오혜련이 환하게 웃으면서 이한열을 반겼다. 대저택에서 시비들의 시중을 받으면서 살고 있어 몸은 편안했지만 사실 이한열의 강호행으로 인해 마음이 편치만은 않았다.

그런데 그런 마음고생이 이한열의 조정 복귀로 인해 풀렸으니 어찌 기쁘지 않으랴!

"고생은 없었습니다. 재미있고 유익한 시간을 보내다 왔습니다."

이한열이 말하면서 머리를 조아렸다.

강호에서 있었던 일을 있는 그대로 말할 수는 없는 노릇이었다. 만약 모든 걸 고스란히 토해 낸다면 부모님이 기겁을 하고도 남았다.

"정일품에 오른다면서?"

이찬성이 입가에 환한 미소를 지었다.

겉으로 표현하지는 않았지만 과거에 급제하지 못해 가문에 죄를 지었다고 생각하면서 평생을 죄책감에 시달려 왔다. 크게는 가문에 누를 끼쳤고, 작게는 부인 오혜련과 아들 이한열에게 큰 잘못을 저질렀다.

어렸을 때부터 오성이 뛰어난 이한열의 두 차례 과거 시험 실패는 충분한 경제적 지원이 없었기 때문이라면서 고통의 나날을 보냈었다.

이한열이 과거에 급제하고 정일품에 오르기까지 했으니 이찬성은 마음이 너무나도 뿌듯했다.

"……."

"……."

"……."

말 없이 웃고 있는 세 사람의 눈길에는 여러 감정이 교차하고 있었다. 세상의 풍파를 겪다 보니 세 사람이 점점 더 서로를 강하게 의지하고 있었다.

사실 서열은 부모님이 위였지만, 정신적으로는 이한열이 몇 길 위였는지 모른다. 이한열의 삶을 살펴보면 숙연함마저 느낄 수 있었기 때문이었다.

이한열은 어렵고 힘든 와중에도 강인함과 끈기를 잃어버리지 않고 매달렸다. 아무것도 없다시피 한 삶에서 참으로 큰 어려움을 당하기도 했다.

'부족한 부모라서 미안하다.'

'그런 말씀하지 마세요. 부모님이 있었기 때문에 제 성공이 있었습니다.'

이한열이 미친 듯이 공부에 파고들 수 있었던 건 헌신적인 부모님의 사랑이 있었기 때문에 가능했다. 만약 홀로 지냈다면 결코 지금의 성공을 이루지 못했다.

이한열에게 있어 부모님은 커다란 정신적 지주였다.

어렵고 힘들었던 어린 시절에도 부모님은 참으로 의연했다. 부족한 살림을 쪼개서 어떻게든 서당에 넣었고, 결국에는 과거에 합격할 때까지 지원했다.

이한열은 그 당시의 부모님이 감히 어떤 고생을 했는지 상상할 수도 없었다.

삯바느질을 하던 어머니의 모습을 볼 때마다 가슴을 쥐어짰고, 친척들에게 구박을 받아 가면서까지 돈을 빌려오던 아버지의 모습에 눈물을 흘렸었다.

그런 부모님의 사랑에도 과거에 떨어졌을 때 얼마나 춥고 떨렸던지, 말로 표현할 수가 없었다. 다음에 힘내면 된다는 부모님의 덕담이 이한열에게는 너무나도 가슴 아프게 들렸었다.

책에 길이 있듯, 부모님의 말과 행동 속에 길이 있다.

이한열은 정말로 그 길을 발견했다.

안갯속에서 길을 잃고 헤매던 그에게 부모님의 헌신적인 사랑은 밝은 횃불이 되어 주었다. 그 빛에 의지해 한 걸음 한 걸음 내딛다 보니 이한열은 절로 성공해 있었다.

"네, 아버지. 조정에 복귀하면서 곧바로 정일품 관리직을 수여받기로 했습니다."

"장하다."

이찬성이 이한열의 어깨를 툭툭 쳤다.

이찬성의 옆에 있는 오혜련이 눈물을 글썽거리고 있었다. 대견하다는 듯 바라보고 있는 눈길에는 안타까움도 함께 실려 있었다. 높은 위치에 오르기까지 얼마나 많은 시련과 아픔이 있었을 줄 짐작하였기 때문이다. 자식이 말하지 않아도 그간 있었을 아픔을 미루어 파악했다.

"부모님, 이번에 결혼을 하려고 합니다."

"정말이냐?"

"어느 집 규수니?"

이천성과 오혜련이 득달같이 물어보았다.

그들은 지금까지 독촉하여도 항상 미적거리던 이한열이 알아서 결혼 배우자를 찾아서 왔으니 기쁠 수밖에 없었다.

그렇지만 어느 집 규수인지 신경을 써야만 한다는 것도 알았다.

과거에 급제하기 전까지라고 하면 어느 집 규수라도 이한열과 상대방이 서로 사랑하면 문제를 삼지 않았다.

그러나 지금은 달랐다.

이한열의 위치가 전과 비교할 때 하늘과 땅 차이였다.

정일품의 이한열이라고 하면 왕부의 여식과 결혼을 해도 하등의 부족함이 없었다.

부모 입장에서 따질 건 따져 봐야 했다.

결혼은 당사자와 당사자의 연결이 아닌 가문과 가문의 결합이었다.

"안에 들어가서 말씀드릴게요."

이한열이 부모님의 손을 잡고 이끌었다.

주변에 있던 수많은 사람들이 귀를 쫑긋거리면서 이야기를 듣고 있었다. 가문의 사람들을 비롯한 많은 사람들이 이한열의 결혼에 지대한 관심을 드러냈다.

"그렇게 하자."

"얼른 들어가자."

중대한 이야기를 하는데 다른 사람들의 이야깃거리가 되고 싶지 않은 이찬성과 오혜련이 이한열과 함께 황급히 안으로 들어갔다.

"우리들도 함께 듣고 싶은데……."

"같이 가면 정말 좋을 텐데, 아쉽다."

"다음 기회에 한열이와 시간을 가져야겠군."

저택에 모여 있던 친척들이 무척이나 아쉬워했다.

그들은 바쁜 이한열과 만남을 가지기란 하늘의 별 따기처럼 어렵다는 걸 알았다. 그리고 어려울 때 도와주지 않았기에 이한열이 탐탁지 않게 여긴다는 것도 알고 있었다. 어떻게든 관계 개선을 하기 위해 노력하고 있었지만 쉽지 않았다.

친척과 친지들까지 떼어 놓고 저택의 심처로 향하는 그들의 발걸음이 무척이나 경쾌했다.

눈에 넣어도 아프지 않을 이한열의 방문과 함께 결혼 이야기는 가문의 경사였기 때문이었다.

"네가 결혼을 한다고 하는 이제는 여한이 없구나."

"어머니, 무슨 소리세요. 증손자까지는 보셔야지요."

이한열이 고향집으로 오면서 받은 예물들 가운데에는 몸에 좋은 보약들이 많았고, 부모님께 드리기 위해 정총과 집마성에서 가지고 온 영단들까지 있었다.

"그래, 알았다."

"너처럼 멋진 손자를 보게 된다면 정말 좋겠다."

"저보다 뛰어난 아이들을 보실 수 있을 거예요."

"아이들?"

"삼처 사첩을 데리고 살 건데 적어도 열 명 이상의 아이들은 낳아야지요."

이한열은 한 명의 부인만 둘 생각이 없었다.

아름다운 여인들을 최소한 일곱 명 이상은 곁에 둘 작정이었다. 그리고 여유가 된다면 열 명 이상까지도 생각했다.

후자의 경우 부인들이 아이를 한 명씩만 낳아도 열 명이었다.

고관대작의 경우 단 한 명의 정실부인만을 데리고 있는 건 커다란 흠이었다. 능력이 없다는 걸 다른 사람들에게 보이는 것이었기 때문이다. 그렇기에 관리들은 미관말직이라고 해도 적어도 세 명 이상의 부인을 두려고 하였다.

"너라면 삼처 사첩도 흠이 아니지."

"그래, 네가 아니면 누가 삼처 사첩을 두겠니? 잘 생각했다. 능력 있는 사람이 많은 아이들 낳아야지."

부모님이 이한열의 생각을 두둔했다.

많은 손주들을 볼 생각에 벌써부터 얼굴 표정이 밝아졌다.

"그런데 며느리감이 그렇게 많니?"

오혜련이 작은 목소리로 물었다.

저번 보았을 때 결혼할 상대가 없다고 했는데 짧다면 짧고 길다면 긴 시간에 무려 일곱 명의 며느리들이 생기게 되었다니 놀랄 수밖에 없었다.

"제가 좀 잘났잖아요. 정해진 결혼 상대는 한 명이지만 차츰 나머지 자리도 채워야지요."

부모님 앞에서 재롱이라도 보이듯 이한열이 뽐내면서 말했다. 정일품 관직에 오르게 되었다고 해도 여전히 부모님 앞에서는 어린아이였다. 부모님이 좋아하신다면 더욱 천진난만한 짓도 할 수 있었다.

"당연히 내 아들이 최고지."

오혜련은 성공하여 돌아온 이한열을 추켜세웠다. 세상 어디에 내놓아도 부족함이 없다고 생각했다. 그리고 그건 딱히 틀린 말이 아니기도 했다.

"그렇지 않아도 네게 들어온 중매 건수가 많단다."

"네!"

"강호의 무림세가에서도 매파를 보내왔단다."

"그렇겠지요. 제가 무림에서도 엄청 잘나갔으니까요."

하루가 멀다 하고 수많은 매파가 찾아오면서 중매가 들어오고 있었다. 중원 각지에서 지체 높은 집안과 호족, 왕부 등에서 매파를 보내 왔다. 심지어 남궁세가와 사천당가 등 전통적인 무림 명문 세가와 구파일방에 속한 무림인들도 결혼에 대한 이야기를 건네 왔다.

엄청난 양의 결혼 이야기를 모두 살피느라 오혜련과 이찬
성이 바쁜 나날을 보냈다. 하나같이 아름답고 예쁜 여인들
을 내세운 이름 높은 가문들의 결혼 중매였기에 쉽게 놓치고
싶지 않았다.

각 가문들에서는 이한열이 미녀를 좋아한다는 첩보를 듣
고서 가장 아름다운 여인들을 전면에 내세웠다. 미녀들의 초
상화를 곁들인 중매 건을 성사시키기 위해 매파들이 분주하
게 오혜련을 만나고 다녔다. 결혼을 성사시키는 건 이찬성이
지만 그 과정에 관련된 일을 하는 건 전통적으로 부인의 몫
이었다.

"괜찮다 싶은 처자들을 골라 놓았단다."

오혜련이 꼼꼼하게 중매 건들을 살폈다.

매파들의 이야기를 들었고, 개인적으로도 중매 건들에 대
해서도 알아봤다. 저택에 나와 있는 하얀 얼굴에 가냘픈 목
소리의 사내에게 부탁하면 중매를 걸어온 가문과 처자 등에
대한 정보를 받아 볼 수 있었다.

그 사내는 바로 동창에서 파견 나온 초절정고수인 내시였
다. 황실에서는 이한열의 가정 보호에 있어서 만반의 준비를
펼쳤다.

"잘하셨어요."

"같이 와서 보자꾸나."

"네."

걸어가면서 오순도순 이야기하는 그들에게서 행복이 진하게 묻어났다.

"하하하!"

"호호호!"

부모님의 웃음소리가 맑게 울릴 때마다 이한열의 입가에 지어지는 웃음이 더욱 짙어졌다.

第十二章
진사천하

"그놈이 돌아오고 있다고?"

"네, 그렇습니다."

"음! 그에 관련된 정보들을 모두 폐기시켜라."

"네? 무슨 말씀이신지요? 언젠가 그의 등에 비수를 꽂을 수 있는 부정부패에 대한 자료들도 있습니다. 권력을 남용하여 자기 사람들에게 편의를 주고, 그렇지 않은 경우에는 해를 끼치기도 했습니다."

"잊어버려라. 그것이 득이 된다."

"그를 이대로 두면 백해무익한 인간이 될 겁니다."

"그 해로움이 우리에게 돌아올 수 있다는 점이 문제다."

"그 말씀은?"

"놈은 속이 좁고 옹졸하다. 우리가 정보 수집을 했다는 것도 알고 있을 것이다. 동창이 눈뜬장님은 아니니까."

"관리들에 대한 정보 수집은 우리 서창의 당연한 권리입니다."

서창은 금의위이면서 동창에 속해 있는 이한열을 눈엣가시로 여기고 있었다.

보고를 받고 있는 서창을 맡고 있는 사례감병필태감 왕요는 환관 서열 제이 위에 해당하는 인물이었다. 제독동창을 맡고 있는 환관 왕진보다 환관 서열이 한 단계 높았다.

하지만 근래 들어 동창에 속해 있는 이한열의 활약 때문에 왕요가 왕진에게 밀리는 형국이었다.

"놈이 돌아오는 이상 우리는 함부로 움직일 수 없다. 선불리 움직였다가는 오히려 역공을 받아 엄청난 타격을 입을 수 있어. 지금쯤이면 우리에 대한 정보 조작을 하고 있을지도 모르지."

"설마, 그러겠습니까?"

"쯧쯧쯧! 너는 그놈의 사악하고 비열한 성품을 모르는구나. 순진하게 행동했다가는 쥐도 새도 모르게 제거당할 수 있음을 명심해라."

왕요가 보고하는 부하를 한심하다는 눈초리로 내려다보았

다.

이한열의 강호행 와중에 황실 정보기관의 수장들이 모두 물갈이됐다. 그렇지만 여전히 동청과 서창이 대립각을 세우고 있었고, 황제의 총애를 독차지하기 위해 노력했다.

서창이 아무리 황제에게 충성을 바치고 있는 정보기관이라고 해도 전례를 살펴보면 이한열의 마수를 피하기는 어려웠다.

황제의 성지까지 받아 가면서 밉보인 사람을 찍어내던 이한열이었다. 환관 서열 제이 위인 왕요라고 해도 이한열의 마수를 두려워해야 하는 실정이었다.

"조정은 당분간 강호일통까지 이뤄 낸 그의 수중에 있다고 생각해야 한다. 비열한 심성에 뛰어난 두뇌, 그리고 가공할 무력까지 갖추고 주수선 군주마마의 총애까지 받은 그를 제약한다는 건 불가능에 가까운 일이 되었다."

강호행 이전의 이한열은 고관대작들 가운데 한 명이었는데, 복귀하는 시점에서는 독보적인 위치에 올라섰다고 해도 과언이 아니었다.

이한열의 복귀를 불안과 두려움의 눈초리로 바라보는 관리들과 기관들이 있었다. 그런 기관들 가운데 대표적인 곳이 바로 서창이었다.

반면 동창과 금의위는 쌍수를 치켜들고 이한열의 조정 복귀를 환영하였으며, 이한열의 진영으로 분류되고 있는 사람들도 무척이나 좋아했다.

조정에서는 언제나 황제의 총애를 받기 위한 다툼과 세력 싸움이 끊이지 않고 있었다. 한쪽이 올라가면 다른 쪽은 내려갈 수밖에 없는 구조였다. 그리고 내려가다 보면 구족이 멸문을 당하는 끔찍한 사태까지 벌어지고는 했다. 권력과 세력 다툼에서 패배할 경우 그 말로가 심히 비참하였다.

"황제 폐하께서 서창을 지켜주실 겁니다."

"희망을 가지는 건 좋지만 현실을 외면해서는 곤란하다. 잘못했다가는 너와 나의 목숨으로 끝나지 않고 서창 자체의 존폐까지 위태로워질 수 있다."

왕요가 진심으로 걱정했다.

영락제 때부터 꾸준하게 유지되어 있는 동창과 달리 서창은 두 번이나 명맥이 끊겼었다. 동창과의 권력 다툼에서 패배했기 때문이었다. 이번에도 그런 조짐이 보이고 있었다.

서창이 이한열을 눈엣가시로 보는 것처럼, 이한열도 서창에 대한 불만이 가득했다. 할 수만 있다면 이한열이 무능력하고 방탕한 황제의 허락을 받아 서창을 닫아 버리고도 남았다.

"알겠습니다. 관련된 자료를 모두 폐기하고, 놈의 마수를 피하기 위해 조용히 있겠습니다."

"그의 뒤를 쫓던 정보 요원들을 지방으로 보내라."

"조치하겠습니다."

"화무십일홍이라고 했다. 권력에 영원이란 없는 법! 기다리다 보면 놈이 중대한 실수를 할 것이다. 그때를 놓치지 말고 일어서면 된다."

왕요는 납작 엎드려서 모진 풍파가 지나가기까지 기다릴 줄 아는 사람이다.

당분간 서창에는 이한열에서부터 시작된 찬바람이 거세게 불 것이다. 시간이 지날수록 더욱 어렵게 될 가능성이 높았다. 차라리 지금에서라도 이한열과 좋은 관계를 유지하는 편이 좋을 지도 몰랐다.

하지만 그렇게 할 수는 없었다.

황제에게 충성하는 모든 정보기관이 모두 이한열과 친해서는 안 된다. 서창만이라도 대립하는 위치에 서서 견제를 해줘야 했다.

"세월이 가기를 기다리겠습니다."

"좋아! 비록 지금은 동창과 이한열이 잘나가고 있지만 살다 보면 서창이나 우리들에게도 좋은 날이 오기 마련이야."

거세까지 하면서 환관으로 살아가고 있는 왕요가 삶에 있어 조급함을 가지지 않고 가늘고 길게 살아가는 걸 선호했다.

그리고 죽기 전까지 좋은 날이 오지 않으면 어떤가!

현재에 만족하면서 살아갈 줄 아는 여유를 지니면 족하다.

왕요는 지금도 누리고 있는 권력과 지위가 엄청나게 높았고, 서창에서 일하고 있는 사람들의 삶의 질도 좋았다.

상대가 빈틈이나 약점을 드러내면 물어뜯고, 그렇지 않으면 조용히 때를 기다릴 줄 알아야 조정에서 장수할 수 있었다. 조급하게 날뛰던 사람들은 대부분 조정 밖으로 쫓겨났다.

"권력이란 움켜쥐려고 하면 손가락 사이로 빠져나가는 법이지. 잡으려고 하지 말고 누려라! 집착과 욕심은 현재 가지고 있는 모든 걸 망가뜨린다."

왕요의 목소리에는 현기가 흘렀다.

권불십년이라는 말이 괜히 있는 것이 아니다.

높은 곳에 있다 보면 사람은 실수를 하기 마련이다. 머리가 좋고 비열한 성격의 이한열이라고 해도 결국 언젠가는 잘못을 저지를 수밖에 없다.

그런데……

왕요는 왠지 불안해졌다.

'놈이 실수를 하더라도 비열한 수작으로 곧장 덮어버릴 것 같아. 바퀴벌레처럼 끝까지 살아남을 수도 있어 보여.'

불현듯 그의 뇌리에 이한열이 오랜 시간 동안 조정에서 득

세하고 난 뒤 말년에 평안하게 낙향할 것 같은 불길한 예감이 스치고 지나갔다.

왕요의 얼굴이 심각해지는 가운데, 서창에는 어두운 그림자가 점차 드리워지고 있었다.

*   *   *

즉위한 황제가 정사를 팽개치고 음주가무와 여색만을 탐하고 있었기 때문에 주수선은 황실과 조정에서 명목상 어떠한 직위를 가지고 있지는 않았지만 실상 가장 큰 실권을 휘두르고 있었다.

보고를 하기 위해 찾아오는 고관대작들과 이야기를 하러 오는 사람들로 북적거리는 주수선의 집무실이 오늘따라 고요했다.

"오랜만에 문안을 올립니다. 군주마마!"

조정에 복귀한 이한열이 주수선에게 고개를 조아렸다.

고향집에서 즐겁게 휴식을 취하고 돌아온 그의 안색이 무척이나 편안했다.

"어서와."

주수선이 이한열을 크게 반겼다.

그녀를 지금의 위치에 있게 만들어 준 장본인이 이한열이었다. 그리고 궂은일을 처리하러 강호에 나가서 직접 해결하고 오기까지 했다.

주수선의 입장에서 이한열은 무척이나 예쁘게 보일 수밖에 없었다.

"군주마마의 위엄이 점점 더 드높아져 가는 것 같습니다."

"무슨 소리야? 오히려 그대의 명성과 위엄이 강호에 진동을 하던데……."

"모두 군주마마의 크나큰 배려 덕분입니다."

이한열이 재차 고개를 조아리면서 겸손해했다.

강호에서였다면 고개를 빳빳이 들면서 오만해할 수도 있었지만 주수선 앞에서 그럴 수는 없었다. 감히 그랬다가는 괘씸죄에 걸려 곧바로 수급이 잘려 담장 위에 걸릴지도 몰랐다.

"이제는 감히 비무를 하자고 말하지도 못하겠네!"

"무슨 말씀이십니까? 저는 언제든지 준비가 되어 있습니다."

"필요 없어. 재미없으니까."

그녀는 강호 무림에서 절대적인 무력을 선보인 이한열이기에 더 이상 싸운다는 사실에 흥미를 잃어버렸다. 지금의 이한열은 손을 섞을 수 없는 높은 위치에 올랐다는 걸 알았다.

"재미있게 해 드리겠습니다."

"이번에 만리장성 밖의 몽고족과 여진족 등이 병력을 집결

시키고 있다는 이야기는 들었지?"

"예."

"전쟁을 준비하고 있지만 아직까지 부족한 면이 많아. 혼란스러운 와중에 북방에서 전쟁이 터지면 중원 전체가 혼란스러워질 수 있어."

이한열로 인해 일통된 중원 무림이 안정화되었지만 황실과 조정의 문제로 인해 중원은 여전히 혼란스러웠다. 천하에 도적과 산적들이 들끓었고, 그보다 더 큰 관리들의 부정부패가 만연하였다. 황실과 조정에 대한 백성들의 불신이 극에 달했다.

"내가 강호일통을 하라고 했지?"

"맞습니다."

"강호가 중원에만 있는 건 아니겠지?"

"……."

불길한 예감을 느낀 이한열의 얼굴이 굳어졌다.

강호는 천하를 이야기한다.

중원에만 국한된 것이 아니다.

새외 무림 역시 강호 무림에 포함이 된다.

이한열의 진사무림은 결국 진사천하인 셈이다.

"오랑캐들의 뒤에는 철혈마부가 있어. 철혈마부까지 정리해야 진정한 강호일통이라고 할 수 있겠지."

"군주마마······."

조정에 돌아오자마자 다시금 만리장성 밖으로 나가기 싫은 이한열이 애타게 주수선을 쳐다보았다.

그러나 높은 위치에 있는 주수선에게 아랫사람의 애달픈 사정 따위는 씨알도 먹히지 않았다.

그녀는 철혈마부가 황실과 조정 그리고 중원에 커다란 우환거리가 될 거라는 사실을 알기 때문에 지체할 수가 없었다. 시시각각으로 강성해지고 있는 철혈마부와 오랑캐들을 한시라도 빨리 정리해야만 했다.

"정일품 북벌 원정 대장군에 임명한다. 강성한 오랑캐들이 전쟁 준비를 마치고 중원을 침략하기 전에 철혈마부를 정리해 다오."

주수선은 없던 정일품 북벌 원정 대장군직위까지 새롭게 만들어 냈다.

휘하에 십만 명의 병력을 부릴 수 있고, 북벌에 있어 최고의 권력을 누릴 수 있는 북벌 원정 대장군이었다.

분명히 드높은 북벌 원정 대장군이었지만 이한열의 입장에서는 사양하고 싶은 관직이었다. 향락을 마음껏 누릴 수 있는 북경에서 고관대작으로서 부귀영화를 쫓고 싶은 이한열이었다.

와그작!

이한열의 얼굴이 딱딱하게 굳어졌다.

설마하니 조정에 돌아오자마자 곧장 새외로 나가게 될지 상상도 하지 못한 이한열의 얼굴이 곤혹스럽게 변하였다.

'정일품 관직의 이름을 거론하지 않던 이유가 바로 이것이었구나.'

그가 확고부동한 주수선의 내심을 눈치챘다.

황실의 정보기관인 동창과 서창마저도 주수선의 복심을 알아차리지 못했다.

제이의 측천무후를 꿈꾸고 있는 주수선의 입장에서 강한 힘을 가지고 있는 유능한 이한열을 적극적으로 이용해야만 했다.

"돌아오자마자 일을 시켜서 미안한데, 부탁해!"

주수선이 살짝 고개를 숙였다.

그녀의 말과 행동에는 미안함이 있었지만 실상 반발했다가는 씨알도 먹히지 않는다는 걸 아랫사람인 이한열이 누구보다 잘 알았다.

이럴 때 아랫사람은 윗사람에게 굽히는 것이 상책이었다.

"아닙니다. 새외 무림까지 챙겼어야 했는데, 제가 미숙했습니다. 철혈마부까지 정리하여 진정한 강호일통을 이룩하겠으니 심려를 내려놓으십시오."

이한열이 황급히 바닥에 부복하면서 외쳤다.

'젠장!'

바닥에 얼굴을 처박고 있는 이한열의 입안에서 결코 밖으로 튀어나올 수 없는 욕이 돌아다녔다.

그렇지만 어쩌겠는가!

윗사람의 명령을 받드는 것이 바로 아랫사람의 숙명이다.

이한열의 진사무림은 아직 끝나지 않았다.

〈진사무림 완결〉